MINUTES

OUVRAGES DU MÊME AUTEUR

Grandoria - mai 2010 - ISBN 1452841993
Grandoria – mai 2010 (e-Book *Kindle*) – ASIN B003LBS8JU
Le Cavalier d'Allah – août 2010 – (e-Book *Kindle*) ASIN: B003Y5H8DA
Bojarski : roi des faux-monnayeurs – décembre 2010 – (e-Book *Kindle*) ASIN: B004H1U3VY
L'Apprenti – janvier 2011 – (e-Book *Kindle*) ASIN: B004JHZ2B2
C.A.S.P.E.R. – février 2011 – (e-Book *Kindle*) ASIN: B004P8JMCU
3 Mon monde – février 2011 – (e-Book *Kindle*) ASIN: B004U7LWDS
TOM – octobre 2011 – (e-Book *Kindle*) ASIN: B005ZXV69Q

Dominique Raymond Poirier

Minutes

Roman

août 2010

ISBN : 1453752773
EAN-13 : 9781453752777

Première édition, août 2010.

Remerciements

Je remercie mon fils Alexis, ainsi que Sylvain, pour leurs précieuses aides, contributions et patience durant la relecture de ce livre.

SOMMAIRE

CHAPITRE I

LE DÉPART

— Excusez-moi de vous le demander encore une fois, Théodore, mais je crois avoir de bonnes raisons pour cela : il n'y aura aucun problème pour le retour ?

— Encore une fois, c'est sans aucun problème, pour le retour comme pour tout le reste, pour autant que vous respectiez les procédures à la lettre ; c'est tout.

Le docteur Théodore Arenson regardait Robert Haas bien droit dans les yeux, sans ciller. Robert Haas le connaissait tout de même depuis maintenant près de quatorze années. Le scientifique ne se livrait pas à une expérience ordinaire avec un cobaye, mais avec un ami. Et puis il ne s'agissait pas d'une expérience ordinaire, mais bel et bien extraordinaire, c'était le moins que l'on pouvait dire…

D'un autre côté, il savait que le vieux docteur ne tenterait jamais cette expérience avec un inconnu. Ainsi que ce dernier le lui avait expliqué, en mettant qui que soit d'autre qu'un ami dans la confidence, il courrait alors le risque que la chose soit très vite répétée, et on lui volerait à coup sûr la paternité de sa découverte. Théodore Arenson n'était pas homme à se laisser ainsi flouer : à se trouver une équipe de chercheurs pour prétendre ensuite devant tout le monde, devant la communauté scientifique du monde entier, qu'il n'aurait jamais pu tomber là-dessus « sans l'assistance de ses talentueux collaborateurs ». Ces derniers seraient bien entendu quelques enfants de personnalités en vue, afin qu'il soit démontré que ceux-ci avaient hérité des « extraordinaires capacités intellectuelles » de leurs parents.

Théodore Arenson le lui avait d'ailleurs bien dit, parce qu'il le considérait comme un homme de confiance, lui qui présentait à ses yeux l'avantage de ne pas appartenir à la communauté scientifique de son pays dont tous les membres passaient plus de temps à se surveiller entre eux qu'à travailler, et même à comploter les uns contre les autres aux fins de s'assurer qu'il n'y ait pas une tête qui dépasse – hormis bien sûr celles de ceux, « élus » de naissance, qui n'étaient là que dans l'attente qu'on leur attribue la paternité de quelque chose de nouveau. Si lui, Robert Haas, n'acceptait pas de se prêter à cette expérience, alors le vieux docteur attendrait silencieusement et passivement son dernier jour sans jamais révéler au monde cette incroyable découverte sur les échelles de temps parallèles.

Le docteur Théodore Arenson ajouta :

— Robert, je ne mettrais jamais en jeu la vie d'un ami, et… je crois que vous êtes la seule personne en qui je puisse faire confiance. Je ne l'aurais demandé à personne, et je ne pourrais jamais savoir ce qu'il se passe « de l'autre côté », si vous n'aviez pas insisté pour y aller. Mais il n'y a pas de raison ; tous les animaux avec lesquels j'ai essayé en sont tous revenus en parfaite santé. Seulement… vous savez bien : aucun animal n'est assez intelligent pour respecter à la lettre les consignes pour sortir de l'accélérateur comme il convient de le faire, et revenir ensuite dedans pour y attendre patiemment le déroulement complet de la procédure de *décélération*… Et puis… que se passerait-il, à l'extérieur, si un animal *accéléré* se baladait comme ça, au milieu de la foule ? Je n'en ai même pas la moindre idée. Il ne me rapporterait aucune observation. Ça ne servirait à rien. Rien du tout.

Robert Haas baissa les yeux vers le sol et réfléchit, il en avait encore le temps.

D'un côté, cette expérience était la plus fascinante qu'aucun homme n'avait jamais vécue ; même pas les astronautes, en fait. De l'autre, il était certain que Théodore Arenson ne pouvait tout de même pas connaître tous les risques qu'il courrait, précisément parce que ce dernier voulait savoir ce qui arrive, une fois sorti de l'accélérateur.

— Encore une fois, reprit le docteur, je ne vous en voudrai absolument pas si vous décidez de renoncer maintenant. C'est tout de même aussi un service que j'attends de vous, avant tout. Pour vous, c'est une aventure, et l'opportunité d'être le premier homme à vivre une telle expérience. C'est vraiment à vous de voir si le jeu en vaut la chandelle.

Le docteur le regarda d'un air plus résigné qu'interrogateur, mais avec intensité. Il y avait de quoi, évidemment.

— On va y aller, répondit Robert Haas, tout en tournant la tête vers le sas de l'accélérateur. Puis il ajouta : quand je serai revenu et que je vous aurai raconté ce que j'ai vu, vous serez plutôt frustré ensuite, si vos prédictions sont exactes, non ?

Le docteur Arenson répondit, en baissant les yeux à son tour :

— Il n'y a malheureusement rien d'autre à faire, Robert. On ne démarrera pas l'accélérateur si je ne suis pas présent dans le laboratoire pour diriger le staff des ingénieurs. Je ne peux pas non plus venir ici durant un jour de congé et démarrer la machine tout seul, et encore moins m'en remettre à vous seul pour le faire. Vous avez bien vu la salle de commande. Il y a trop de paramètres et de spécialités scientifiques à maîtriser, et aucun homme ne pourrait surveiller tout ça tout seul. C'est vraiment impossible. C'est vraiment dommage que vous ne puissiez pas emporter de caméra vidéo avec vous. Tout appareil électronique surchauffe et est instantanément hors d'usage dès sa mise sous tension, lorsqu'il est *accéléré*. J'ai bousillé deux caméras vidéo en voulant essayer, parce que l'électronique de celles-ci était équipée d'un microprocesseur dont la cadence de fonctionnement est définie par une horloge interne à quartz. Avec des vieilles caméras à pellicule, je n'ai trouvé aucune émulsion sensible assez rapide pour figer la moindre image de quelque chose qui bouge.

C'est comme si l'émulsion argentique du film ne pouvait être impressionnée que par ce qui ne bouge pas.

Comme je vous l'ai déjà dit, vous devriez avoir chaud, lorsque vous effectuerez des mouvements ; mais tous les animaux l'ont fort bien supporté. Une fois que vous serez dehors, ce sera à vous de contrôler vos mouvements pour réguler la température de votre corps. C'est d'ailleurs pour ça qu'il faut absolument que vous soyez nu. Un témoignage verbal est l'unique possibilité pour moi de savoir ce qu'il en est dans la pratique, exactement.

Le docteur Arenson sourit largement et lâcha un petit rire, avant d'ajouter :

— L'expérience la plus dure que vous aurez à vivre, ce sera plutôt d'accepter de passer des heures à me raconter tout ce que vous aurez vu et ressenti dans les moindres détails, car je vais vous *cuisiner*, croyez-moi…

— J'imagine que je serai intarissable, si c'est comme vous le pensez. répondit Robert Haas, en lâchant un petit rire lui aussi.

Puis les deux hommes rirent ensemble de bon cœur, et un peu nerveusement, aussi.

— Bon, reprit le docteur, nous devrions lancer l'accélérateur dans – il regarda sa montre – un peu plus de quinze minutes. Tous les ingénieurs sont sur le pied de guerre, dans la salle de commande.

— Et vous êtes certain qu'ils ne remarqueront rien d'anormal ?

— Ils n'ont jamais rien vu, avec les animaux, même pas une petite anomalie. Le plus important, c'est que vous vous débrouilliez toujours pour surveiller le temps une fois que vous serez ressorti. Particulièrement l'horloge chronométrique de précision, à côté du sas. J'ai écrit le temps exact auquel vous devez remonter dans la bulle sur un papier que j'ai fermement collé sous l'horloge, pour plus de sûreté. Ne prenez aucun risque, une fois à l'extérieur. Si jamais vous ne pouviez pas remonter dans la bulle au bon moment, je ne pourrais pas vous faire revenir avant… trop longtemps pour vous. Ne vous blessez surtout pas et ne restez pas coincé quelque part. Soyez prudent. Ne prenez aucun risque. Allez-y lentement. Faites tout ce que vous faites lentement, et avec grande précaution, surtout.

Robert Haas se tourna complètement vers la bulle et la considéra silencieusement durant quelques secondes. Puis il se tourna à nouveau vers son ami, et dit :

— Et bien, je vais me déshabiller maintenant.

Le docteur Arenson le regarda sans rien répondre, et Robert Haas entreprit de déboutonner sa chemise. On pouvait tout de même voir que ses doigts tremblaient légèrement, et qu'il en éprouvait quelque peine à s'exécuter. Il y eut un moment où il se retrouva entièrement nu, tournant pudiquement le dos au scientifique, mais faisant face à la bulle.

Les deux hommes n'avaient plus échangé un mot et, presque comme le dit l'expression, la tension était *palpable*.

Ils en avaient parlé des heures durant, des jours, et même des semaines. Il n'y avait vraiment plus rien à dire : le reste devait être découvert par l'expérimentation. Le vieux docteur gardait les yeux fixés sur la bulle, par pudeur sans doute, maintenant que Robert Haas était nu comme un ver.

Robert Haas s'avança vers la bulle, d'un pas plutôt lent et mesuré, mais sans hésitation. Il posa un pied sur la première marche de la petite estrade métallique, et il sentit autant la froideur du métal que ses aspérités antidérapantes sur sa peau – c'était plutôt désagréable, mais l'émotion qui l'habitait maintenant l'emporta aussitôt sur cette sensation. Une fois en haut des quatre marches, c'est-à-dire à moins de quatre-vingts centimètres du sol de la salle, il leva bien haut sa jambe droite tout en fléchissant le genou, puis le posa en appui sur le seuil du sas. Puis il pencha tout le haut de son corps en avant, à l'intérieur de la bulle, en équilibre sur ce genou, puis sur le deuxième, et il y eut un moment où il se trouva à quatre pattes dans la bulle, puis accroupi, face à l'ouverture ronde.

Il vit alors que Théodore Arenson l'avait suivi et rejoint sur l'estrade métallique. L'homme se tenait devant l'ouverture de la bulle et affichait un air grave. On eut dit que le scientifique, qui avait été si confiant en ses théories et en les résultats de ses précédentes expériences, n'était maintenant plus tout à fait sûr de lui.

— Vous n'avez pas trop froid ? se décida à dire le sexagénaire, plus pour mettre un terme au silence qui s'était installé que par le fait d'un réel souci, à l'évidence.

— Ce n'est pas vraiment confortable et le métal est un peu froid, oui, répondit Robert Haas en affichant un sourire auquel les yeux ne participaient nullement.

— Vous allez bientôt avoir chaud. Ça ira beaucoup mieux. répondit le docteur Arenson. Puis ce dernier ajouta, tout en tournant la tête vers la gauche : Je vais apporter le bac à échantillons. La bulle est plutôt exiguë, mais il faut que nous nous débrouillions pour que vous puissiez le prendre avec vous. Ce sont des échantillons de sang contaminé, comme je vous l'ai expliqué. C'est l'objet de l'expérience d'aujourd'hui. L'Institut National de recherche biologique voudrait voir comment réagissent certains virus à l'accélération atomique statique. Vous allez vous débrouiller pour poser le bac devant vous, entre vos jambes. Je reviens.

Le docteur disparut de l'ouverture de la bulle. Robert Haas attendit, tout en essayant de trouver une position plus confortable, assis sur la paroi de métal, les jambes écartées autant que possible pour laisser de l'espace disponible.

Puis le docteur réapparut avec une boîte d'épais plexiglas transparent dans les mains. Même depuis la distance d'une paire de mètres, on pouvait voir des alignements de petits tubes de verre à l'intérieur – il devait y en avoir bien plus d'une cinquantaine.

— Voilà, c'est ça. dit le docteur. Ce n'est pas si volumineux, heureusement. Il faudra veiller à ne pas les faire tomber, lorsque vous sortirez. Ce ne sera peut-être pas facile, mais il faudra que vous fassiez tout votre possible pour enjamber la boîte sans le toucher. Elle sera accélérée, et son contenu aussi, mais… il vaut mieux ne pas tenter le diable.

Le docteur Arenson monta les quatre marches de l'estrade, prudemment, la boîte de plexiglas dans les mains – celle-ci était à peu près de la taille d'une petite mallette de voyage ou de médecin posée à plat – puis il la tendit vers Robert Haas. Ce dernier la saisit pour la poser délicatement entre ses deux jambes ; ce ne fut pas aisé, car la boîte passait difficilement entre ses deux genoux déjà plaqués contre les parois de la bulle.

Lorsque Robert Haas et la boîte furent en place, le docteur Arenson tourna la tête vers la gauche ; il était manifestement en train de jeter un coup d'œil à l'horloge chronométrique de précision, au-dessus du bouton vert qu'il presserait bientôt pour indiquer aux ingénieurs installés dans une autre salle plus grande encore, plus bas, qu'ils pouvaient mettre en route la gigantesque machine.

— Il nous reste environ quatre minutes avant la mise en route de l'accélérateur, dit le docteur Arenson. Je vais être obligé de refermer le sas maintenant, Robert. Vous allez être dans le noir complet durant une dizaine de minutes. …Enfin, je veux dire, dix minutes pour moi. Pour vous ça va être beaucoup plus long, comme je vous l'ai expliqué. Il faudra être patient et ne pas paniquer. Heureusement que l'accélération est progressive ; sinon, vous seriez obligé d'attendre plusieurs jours enfermé là-dedans… Pour vous, ça devrait faire aux environs de quatre heures, ce qui n'est tout de même pas mal. Ne vous endormez pas, surtout…

Puis l'homme s'interrompit durant une fraction de seconde, et dit :

— Oh, mince… j'allais oublier…

Théodore Arenson redescendit en hâte les quatre marches, lui tourna le dos, puis se mit à courir jusqu'à ce qu'il disparaisse de son champ de vision déjà considérablement réduit par les bords de la bulle du diamètre d'un puits.

Le vieil homme réapparut bien vite, toujours en courant. Il tenait par les brides un petit sac à dos de toile noire ; il monta à nouveau les quatre marches métalliques et lui tendit le sac, en disant :

— Il y a trois bouteilles d'eau et des barres aux céréales chocolatées. Vous en aurez certainement besoin.

— C'est bien possible, en effet, si je dois poireauter quatre heures là dedans… plus le temps de mon absence. dit Robert Hass. Puis il demanda, comme s'il avait failli oublier quelque chose : je peux les poser sur cette boîte ?

— Oui, oui… bien sûr. Ça ne pose aucun problème. répondit le docteur Arenson. Ce dernier ajouta, je ne sais pas si vous entendrez le bourdonnement, depuis l'intérieur, mais je suppose que oui.

— Euh… ça ne pose aucun problème, si je me tiens en appui contre la… ?

— Non, non, pas du tout… Vous ne risquez rien. La paroi de la bulle vous isole parfaitement des composants de la machine, en fait. Vous pouvez vous y appuyer aussi fort que vous le voulez. Mais faites attention à la boîte à échantillons, surtout.

— Comptez sur moi, Théodore. répondit-il simplement.

Le docteur Arenson s'immobilisa, le regarda avec intensité durant bien plus d'une seconde, et dit :

— Bien… Robert… Là, c'est parti. Je vais refermer la porte. Vous vous sentez prêt ? Pas trop nerveux ?

— Ça va aller, Théodore. Je vous dis à tout à l'heure, alors…

— …Disons plutôt, à plus tard, Robert. Moi je vais vous revoir dans deux minutes… mais pour vous… ce sera beaucoup plus long, hein. Encore une fois, ne prenez surtout pas de risques. J'ai besoin que vous me racontiez comment ce sera…

Le docteur Arenson avait tenté un sourire, tout en le disant, mais ça ressemblait plutôt à une grimace d'anxiété. Les yeux derrière les lunettes rondes cerclées de métal le fixaient avec intensité, et ne participaient pas vraiment au sourire. Le débit de la voix de l'homme était rapide, et celle-ci exprimait tout à la fois la confiance en soi et une certaine autorité ; mais n'en avait-il pas toujours été ainsi ?

Il parvint à rendre à l'homme un sourire plus réussi. Puis la tête recouverte de cheveux blancs ayant parfaitement échappé à la calvitie descendit par à-coup vers le seuil du sas, et disparut. Puis Robert Haas vit l'épaisse porte du sas commencer à se rapprocher de l'ouverture de la bulle, tandis que la pénombre l'enveloppait. Il crut entendre un, « à tout de suite, Robert… », juste avant qu'il ne put finalement rien voir d'autre que le noir le plus obscur qui soit. Le sas n'avait fait aucun bruit en se refermant, et il n'en avait même pas entendu le mécanisme du verrou à six points.

Pas question d'être claustrophobe pour être un voyageur du temps.

Il entendit bien un léger bourdonnement, après, mais celui-ci était si grave qu'il lui aurait été difficile de dire s'il était réellement fort. De même qu'il lui aurait été difficile de dire au bout de combien de temps il l'avait entendu. Dix minutes ? Vingt ? Plus… ?

Mais surtout, la température s'était progressivement élevée ; tant élevée qu'il transpirait comme s'il était dans une cabine de sauna, exactement. La bulle, c'était une cavité cylindrique disposée à l'horizontale, d'un diamètre de un mètre trente et d'une profondeur d'environ un peu plus d'un mètre, et aussi l'exact centre de la masse colossale de l'accélérateur de particules statique. Il était assis sur un châssis métallique plat rapporté, servant ordinairement à y poser des échantillons devant être accélérés. Cet endroit n'avait évidemment pas été conçu pour accueillir des êtres humains.

Il avait mal aux genoux et aux fesses, et il était incapable de dire quand cela avait véritablement commencé ; tout comme il eut été incapable de dire depuis combien de temps la porte de la bulle s'était refermée, tant le temps lui semblait long. Le trou dans lequel il se trouvait était si exigu que ses tentatives pour changer légèrement de position, et soulager ainsi sa douleur, étaient tout à fait vaines. Il s'était prudemment limité à boire les trois quarts d'une bouteille d'eau, dans le néant, à tâtons.

Il crut voir un peu de lumière ; ou plutôt, il crut être enfin capable de distinguer les deux formes rondes de ses genoux relevés presque à la hauteur de son visage. Il n'en fut pas certain, au début. C'était peut-être une illusion : ces jolies choses colorées, lumineuses et souvent symétriques, ou plutôt kaléidoscopiques, que l'on peut voir lorsque l'on ferme les paupières durant un bon bout de temps.

Mais l'effet gagnait peu à peu en intensité, et il commençait finalement à voir apparaître un croissant de lumière vive, très fin. Le croissant s'épaississait, très, très lentement, exactement comme s'il assistait à une éclipse entre deux astres énormes. La planète sombre qui se déplaçait vers la droite, pour très progressivement laisser apparaître la lumière aveuglante du « soleil », était le sas. Le soleil était la lumière provenant de la salle illuminée par les nombreux tubes au néon.

En quatre heures, ses yeux avaient largement eu le temps de s'habituer à l'obscurité totale, sans toutefois lui offrir la vision de quoi que ce soit. Il estima que le docteur Arenson avait cette fois mis une bonne heure pour ouvrir complètement la porte, très, très, très lentement. Il le voyait continuer de la pousser, dans une pose inclinée, en se déplaçant si lentement qu'on eut presque dit une statue hyperréaliste qui tombait en appui contre celle-ci. Par une fois, il avait vu battre les paupières du docteur Arenson, derrière les lunettes, et ce mouvement avait dû durer plus d'une minute complète.

Il éprouvait maintenant des difficultés à respirer, comme s'il manquait de souffle, ou que l'air avait du mal à envahir ses poumons. Mais il savait que c'était le contraire qui était en train se produire, en réalité ; Théodore Arenson le lui avait longuement expliqué. L'ouverture du sas n'avait pas amené d'air frais ; il y avait plutôt eu un courant d'air chaud. Ce n'était pourtant pas l'air qui était chaud, mais son corps.

Il était maintenant *accéléré*.

Ça avait marché.

Ça a marché ! se dit-il, à la fois excité et anxieux.

Oui, il avait bel et bien été *accéléré* ; tout ce qu'il se passait à l'extérieur de la bulle mettait cinq cents fois plus de temps à se produire que d'ordinaire. Ou plutôt… c'était lui qui vivait à une échelle de temps cinq cents fois plus rapide que la normale, oui. Et même s'il n'était pas encore sorti de la bulle parce qu'il attendait prudemment l'ouverture complète du sas, ainsi que Théodore Arenson le lui avait expressément recommandé, l'air qu'il était en train de respirer était lui aussi adapté à un monde régit par une échelle de temps cinq cents fois plus lente que la sienne, que celle de son corps tout entier. Tout ce qu'il pouvait maintenant voir du monde, il le voyait comme un film tourné au ralenti, pris à l'aide d'une de ces caméras ultra rapides utilisées pour filmer des balles de fusil traversant des pommes, ou montrant les battements d'ailes d'un colibri, trop rapides pour être décomposés sinon.

Mais cet incroyable phénomène ne se limitait pas à la vision.

À la vitesse à laquelle il respirait en ce moment, si rapide pour le monde qui n'était pas *accéléré*, il devait forcer l'air à entrer dans ses poumons avec une incroyable violence… à la vitesse d'une balle de pistolet. Et c'est pour cela qu'il éprouvait la sensation de respirer de… de l'eau tiède. Oui, c'était bien cela. C'était comme s'il respirait de l'eau tiède. C'était exactement ce qu'il ressentait. Il pouvait parfaitement ressentir le contact de l'air contre sa peau, contre sa langue, comme si celui-ci était un fluide, un fluide tiède ; chaud même, parfois.

Avec peine, tant il était courbaturé, il commença à effectuer quelques mouvements mesurés pour s'extraire de la bulle, sans toucher la boîte de plexiglas. Il n'y avait qu'une chose qui n'avait pas changé : la pesanteur. Mais tous les mouvements qu'il pouvait faire étaient ralentis par la nature de l'air devenu fluide et offrant une assez grande résistance aux déplacements, comme s'il était au fond d'une piscine. Sa main, ses bras, ses jambes, son corps tout entier ne retombaient plus vers le sol aussi rapidement qu'avant.

Il descendit aussi doucement qu'il le put les quatre marches de l'estrade, avec autant de précautions qu'un astronaute descendant de son vaisseau sur le sol lunaire.

Théodore Arenson ne semblait pas le voir : le vieux scientifique en blouse blanche continuait de fixer le fond de la bulle du regard, presque totalement immobile, dans une pause figée, là où il n'était plus. C'était comme si cet homme se déplaçait à la vitesse de l'aiguille des minutes d'une pendule.

Il anticipa avec une légère crainte le premier contact de son pied nu sur la tôle de la petite estrade, devant le sas.

Surprise : le métal lui sembla plus froid encore qu'il l'avait été lorsqu'il était monté, et cela créa un étonnant contraste de températures.

Qu'avait vu de lui Théodore Arenson ? Quelque chose de flou ? Une silhouette fantomatique qui venait de disparaître sous ses yeux, quasi instantanément, trop rapide pour que son image puisse s'imprimer sur ses rétines et parvenir à son cerveau ?

Il se dit qu'il avait dû prendre une vingtaine de secondes pour s'extraire de la bulle et se retrouver debout devant l'accélérateur, à côté de Théodore Arenson. Donc, pour cet homme, cette durée avait été cinq cents fois plus courte ; c'est-à-dire… C'est-à-dire qu'il avait fait tout cela en seulement quatre centièmes de seconde, selon l'échelle de temps du docteur. Il avait dû littéralement disparaître de sa vue, en seulement quatre centièmes de seconde… Et là, s'il s'avisait de donner une petite tape amicale sur l'épaule de sa frêle carcasse, il lui fracturerait probablement la clavicule…

Si ma main s'abat sur son épaule à la vitesse de… disons, un mètre par seconde, pour une tape amicale, alors pour Théodore Arenson ça fait quelque chose qui s'abat sur son épaule à la vitesse de cinq cents mètres par seconde… Là, pour le coup, c'est la vitesse d'une balle de fusil… Le vieil homme ne s'en remettrait pas, bon Dieu !

Oh, mon Dieu… Ça marche ! Théodore avait raison… C'est incroyable… C'est une expérience unique… Fantastique… Vraiment fantastique ! Je vis vraiment selon une autre échelle de temps. Je suis bien toujours sur Terre, et à la même époque que celle de laquelle je suis parti, oui… mais je vis maintenant selon une échelle de temps différente de celle de tout ce qui m'entoure…

Il s'immobilisa, et contempla le scientifique durant un moment. C'était vraiment étonnant de voir un être humain figé telle une statue, ou comme un cliché photographique en trois dimensions. Le docteur Arenson lui avait dit qu'il refermerait à nouveau le sas deux minutes après l'avoir ouvert : le temps de jeter un coup d'œil sur les échantillons de sang. Pour lui, évidemment, cette opération prendrait cinq cents fois plus de temps : c'est-à-dire plus de seize heures.

Seize heures ; cela lui laissait tout le temps de sortir de l'immense bâtiment du centre de recherche, pour voir comment est le monde lorsque celui-ci évolue cinq cents fois plus lentement, ainsi que Théodore Arenson l'avait prévu.

Il tendit la main vers l'intérieur de la bulle pour saisir les brides du sac à dos qui était resté posé sur la boîte à échantillons. Le sac n'offrit aucune résistance : il était *accéléré*, lui aussi. Il le posa sur le sol, l'ouvrit, s'empara d'une des trois bouteilles d'eau, l'ouvrit, et but une longue gorgée de liquide – l'eau s'écoulait normalement dans sa gorge, comme « avant ».

Il remit la bouteille dans le sac à dos, puis il passa son bras gauche dans une bride de celui-ci pour le porter maintenant sur son dos, le tout avec des gestes lents. Il regarda à nouveau le docteur Arenson qui était toujours dans la même pose, toujours en train de « finir d'ouvrir » le sas.

Il commença alors la première expérience : parler au docteur. Il avala une bouffée d'air pour prendre sa respiration, lentement, mais l'air qui entrait dans sa gorge sembla le faire plus difficilement encore dans ses poumons : il n'était plus tiède, mais chaud, et plus « liquide » encore. Ou plutôt, cet état liquide semblait s'être épaissi, comme si le liquide était maintenant de l'huile.

Il entreprit de dire la phrase convenue : « bonjour, Théodore ; je suis devant vous ».

Dès le premier mot, le son qu'il entendit fut très grave, quasiment inintelligible. Les consonnes pouvaient à peine être différenciées les unes des autres ; les voyelles ressemblaient à un étrange gargouillis très grave et considérablement étouffé, tel le son d'une musique puissante lui parvenant depuis à travers les murs d'un *night-club*. Il finit tout de même la phrase, sans conviction aucune. Au retour, Théodore Arenson lui dirait s'il avait entendu quelque chose. À l'échelle de temps de ce dernier, cela avait dû ressembler à un petit cri d'oiseau très aigu et extrêmement bref, théoriquement. Il avait prononcé la phrase aussi lentement que possible, en articulant du mieux qu'il l'avait pu ; le son de sa propre voix ne lui avait pas paru intelligible.

Il se tourna vers le fond de la pièce, en direction de la porte de la grande salle ; celle-ci se trouvait à une vingtaine de mètres de lui. Il commença à marcher pour s'en approcher, et c'est alors qu'un phénomène étrange se produisit, à peu près au moment où il fit un deuxième pas.

Il avançait avec peine, comme s'il devait lutter contre une force invisible ou contre un courant ; comme s'il avançait dans le fond d'une piscine et que l'eau ralentissait ses mouvements. Et cette eau était tiède. La panique l'étreignit et il s'immobilisa aussitôt. La pression de l'air devenu fluide avait même pressé sa peau contre ses muscles, et celle-ci s'était déformée jusqu'à onduler.

Il savait que sa vitesse de déplacement était d'un peu moins de sept kilomètres par heure, lorsqu'il marchait d'un bon pas, dans des circonstances normales. Mais là, accéléré cinq cents fois, l'air l'avait heurté à une vitesse beaucoup plus grande, ce qui le ralentissait considérablement dans sa course. C'était bien cela : il lui était impossible de se déplacer plus vite qu'il l'aurait pu debout au fond d'une piscine. Et d'ailleurs la résistance du fluide était si grande, que lorsqu'il tenta une petite pointe de vitesse, ses pieds glissèrent vraiment sur le sol de la salle tandis qu'il se sentit obligé de se pencher anormalement en avant, pour avancer sans tomber.

Le docteur Arenson et lui avaient discuté de tous ces problèmes, et de celui-ci en particulier. Selon sa nouvelle échelle de temps, s'il pouvait marcher normalement, à une vitesse de 7 kilomètres par heure, cela ferait une vitesse d'environ 3 500 kilomètres par heure, selon l'échelle de temps du monde qui l'entourait… soit, aux alentours de 970 mètres par seconde… soit la vitesse d'une balle de fusil très rapide. À une telle vitesse, s'il pouvait l'atteindre, la température due au frottement de l'air qui n'est pas accéléré, lui, serait suffisante pour faire fondre du plomb, au moins…

Il se trouva finalement très heureux de ne pas être assez fort pour effectuer des mouvements plus rapides. Mais, d'un autre côté, il serait fastidieux d'avoir à se déplacer aussi lentement. Il réfléchit encore, pour estimer la vitesse maximum qu'il pouvait atteindre dans ces conditions, et se consola en réalisant que même à cette vitesse, si lente pour lui, il se déplacerait encore à plusieurs centaines de kilomètres par heure selon l'échelle de temps du monde dans lequel il était en train d'évoluer. Entre quatre et cinq cents kilomètres par heure, au maximum, estima-t-il.

Ce chiffre vertigineux, lorsque parlant de la vitesse qu'un homme pouvait atteindre naturellement, lui permettrait de fort bien accepter de se déplacer sept fois plus lentement que d'ordinaire. Ce n'était que sa perception du mouvement qui le trompait, en fait.

Lorsqu'il se trouva enfin à une cinquantaine de centimètres de la porte de la salle, il réalisa aussi que la marche le fatiguerait plus rapidement que lors de circonstances normales. L'air qui s'opposait à son corps, même en marchant aussi lentement, offrait une résistance encore très importante. Il avait senti ses joues se creuser fortement sous l'effet de la pression de l'air, aussi, et il avait eu l'impression que ses cheveux s'arrachaient littéralement de son cuir chevelu sous la force d'un terrible vent.

L'expérience allait être moins amusante qu'il ne se l'était initialement figuré. C'était comme si la salle de l'accélérateur était maintenant sous l'eau, et qu'il la visitait dans cette condition, sauf que la pression du liquide demeurait identique à la pression atmosphérique, heureusement. Il n'y aurait pas de contraintes de décompression au retour ; il ne risquait rien de ce côté-là.

Il poussa aussi lentement qu'il le put sur la poignée de la porte, avec d'infinies précautions pour ne pas en casser le mécanisme, puisque tous ces gestes étaient beaucoup plus rapides selon l'échelle de temps du monde extérieur. Puis il tira, très, très lentement. La porte sembla tout d'abord n'offrir aucune résistance, comme si elle n'était plus qu'une mince feuille de papier. Puis cette impression changea bien vite pour son contraire, et il sentit distinctement la poignée se tordre légèrement sur son axe. Il relâcha la pression pour ne pas la casser complètement.

Il était contraint de déplacer la porte centimètre par centimètre. Mais, selon l'échelle de temps du docteur Arenson, il estima qu'il devait la forcer à se mouvoir sur ses charnières à une vitesse de cinq mètres par seconde, soit près de 18 kilomètres par heure, environ. Une surface plane aussi grande opposait évidemment une très grande résistance à l'air, et de face, même à une vitesse aussi faible, il risquait d'arracher la poignée de porte.

Il referma la porte tout aussi délicatement, et constata avec surprise que cela ne fit aucun bruit.

Il se retrouva dans le long couloir qu'il arpenta, toujours à pas lents, penché en avant pour lutter contre la force de l'air devenu fluide. Il jeta un coup d'œil à sa montre mécanique qui avait été accélérée, elle aussi. Près de quinze minutes s'étaient écoulées depuis qu'il avait franchi le sas de la bulle, selon sa nouvelle échelle de temps. Mais selon celle du monde qui l'entourait, cela faisait moins de deux secondes. Il ne parvenait pas à se défaire de cette impression de prendre un temps fou pour tout faire ; en réalité, il le faisait à une vitesse proprement ahurissante dont aucun être humain, ni même aucun animal n'était capable.

Lorsqu'il se retrouva enfin dehors, il s'immobilisa devant les grandes portes de verre du bâtiment du Centre de Recherches en Physique fondamentale. Les branches des petits arbres, disposés à intervalles réguliers sur le parking, étaient inclinées d'une manière qui indiquait qu'il y avait du vent, mais il ne le sentait aucunement, bien qu'il fût complètement nu.

Il avait eu un choc, lorsqu'il s'était trouvé nez à nez avec une jeune femme en blouse blanche plutôt jolie, dans le hall du rez-de-chaussée. Mais la jeune femme était restée de marbre – c'était le cas de le dire – comme si elle ne l'avait pas vue, alors qu'il avait pourtant marché au-devant d'elle durant plusieurs secondes ; plus d'une minute, même. Il se demanda si l'image de son corps nu avait pu s'imprégner dans la rétine des yeux de cette jeune femme ; si le cerveau de celle-ci avait enregistré cette image furtive, puis y faire naître le sentiment d'avoir *cru* voir un homme déambulant dans le hall dans le plus simple appareil.

Si tel devait être le cas, cette jeune femme croirait probablement avoir fait l'expérience d'une hallucination.

Il ne put s'empêcher d'en rire intérieurement.

Puis il se dit qu'il serait intéressant de la revoir, une fois qu'il serait revenu dans l'échelle de temps normal, juste pour voir sa réaction. Peut-être serait-elle troublée. Peut-être se dirait-elle que son visage lui semble vaguement familier, sans être en mesure d'expliquer pourquoi. Sa silhouette avait été exposée au regard de cette jeune femme durant environ… un peu plus d'un dixième de seconde, l'estima-t-il – temps durant lequel il avait constamment été en mouvement très accéléré, bougeant ses jambes et ses bras à la vitesse du battement des ailes d'une mouche, à peu près.

Non, aucune image nette de son visage n'avait pu imprégner le cerveau de cette jeune femme ; c'était physiquement impossible… Tout ce qu'elle avait pu voir n'avait jamais été que le déplacement flou de « quelque chose ». Et puis dans l'hypothèse la plus optimiste, elle avait dû croire à une petite illusion inexplicable et impossible à décrire. Même les caméras de surveillance du hall ne montreraient rien, elles non plus, si quiconque devait regarder l'enregistrement de son passage au ralenti.

C'était exactement comme s'il était devenu l'homme invisible ; trop rapide pour être visible dans son cas.

Le ciel était une étendue grise, cotonneuse et figée. C'était un ciel dramatique de peinture figurative du XIXe siècle ou avant. On était à la fin du mois de janvier. Théodore Arenson avait jugé préférable de tenter l'expérience un jour où il ferait particulièrement froid, pour diminuer un peu l'effet de réchauffement dû à l'accélération de son corps. Et puis l'accélérateur n'était remis progressivement en service qu'à partir du 20 janvier, de toute façon, en raison de sa consommation en électricité gargantuesque. Il devait faire un bon moins dix, ce matin. Et bien qu'il fut totalement nu, et maintenant dehors, il avait toujours un peu chaud. Cependant il ne transpirait pas, malgré les efforts qu'il avait dû fournir durant sa progression ; la friction de l'air sur sa peau devait certainement le débarrasser de sa sueur, à mesure que celle-ci sortait par les pores.

Les premiers magasins et présences humaines se trouvaient à une paire de kilomètres du *Centre*. Il lui faudrait deux bonnes heures pour y arriver, à la vitesse à laquelle il était contraint de se déplacer.

Il s'assit cette fois sur un banc, lorsqu'il arriva sur la petite place commerçante. Il était de nouveau fatigué, comme s'il venait de courir un cent mètres. Il avait d'ailleurs dû faire une pause à mi-chemin, et il s'était assis à même le trottoir pour boire un peu et manger deux barres de céréales. Les déplacements sur des distances aussi longues qu'un kilomètre s'avéraient décidément aussi éprouvants que fastidieux. Il se dit que les trois bouteilles d'eau et les barres de céréales que Théodore Arenson avait placées dans son sac à dos ne seraient peut-être pas suffisantes pour toute la durée de l'expérience. Il devrait être revenu près du sas de la bulle dans un peu plus de treize heures ; moins deux pour le trajet de retour à partir de cet endroit, cela lui laissait onze heures pour explorer cette place commerçante et y mener les expériences. Pour tous ces gens qui se trouvaient ici, vivant et se mouvant si lentement qu'ils ressemblaient à des mannequins de cire, il ne s'écoulerait qu'un petit peu plus d'une minute.

Là, assis sur le banc, penché en avant, ses avant-bras en appui sur ses genoux, il n'aurait pu nier cette impression d'immense pouvoir qui l'habitait depuis quelques secondes. S'il le voulait, il pouvait considérablement altérer le devenir de tous ces gens immobiles. Il pouvait les tuer facilement, même, ou simplement en déshabiller quelques-uns, ou dévaster totalement un des magasins de la place.

Il était un surhomme doué de pouvoirs quasi olympiens.

À l'échelle de temps du monde normal, de tous ces gens, n'importe lequel de ces trois évènements se produirait à une vitesse si grande que cela aurait l'air d'être instantané, et personne ne pourrait jamais comprendre ce qui serait arrivé. Cela déclencherait certainement une panique, suivie de la curiosité de la presse qui se déplacerait pour constater, et faire de ces évènements des titres mystérieux qui... feraient probablement le tour du monde, oui. On parlerait de fantômes ; ou d'attaque extra-terrestre, peut-être même.

Non... Le *Centre* de recherche n'étant pas loin, c'est certainement là que se porterait l'attention de tous ces gens. On ne tarderait pas à parler d'un accident survenu avec l'accélérateur et tenu secret. Il y aurait une enquête, et le docteur Théodore Arenson compterait parmi les premières personnes auxquelles on viendrait poser des questions.

Mais l'envie de faire une ou deux bonnes blagues occupait une autre partie de son esprit : quelque chose qui apparaisse véritablement comme incroyable pour tous ces gens, mais qui n'entraîne aucune conséquence grave cependant.

Ce serait facile. Il fallait juste trouver une bonne

idée, et celles-ci ne manquaient justement pas.

***

Le sas s'ouvrit à une vitesse normale, cette fois-ci. L'expression sur le visage du docteur Arenson était bien plus celle du soulagement que de l'excitation.

— Comment vous sentez vous, Robert ? Tout va bien ?

Le ton qu'avait employé le docteur Arenson était clairement celui de l'inquiétude.

— Pour l'instant, tout ce que je peux dire, c'est que je suis ankylosé. répondit-il.

Le vieux scientifique répondit tout d'abord par un sourire auquel les yeux ne participèrent pas. Puis celui-ci demanda encore :

— Sortez de là-dedans et nous allons voir ça. Donnez-moi la main.

Le docteur tendit une main à l'intérieur de la bulle. Il l'accepta, plutôt par courtoisie que par besoin. Il n'éprouvait aucune difficulté à se mouvoir, bien au contraire ; c'était bien plus aisé que dans un monde ralenti cinq cents fois. Il avait maintenant le sentiment d'avoir beaucoup moins d'efforts à faire pour accomplir n'importe quel geste.

— C'est incroyable, Théodore ! Ça a été une expérience… vraiment fantastique !

Lorsqu'il se trouva debout devant l'ouverture de la bulle, le docteur répondit enfin.

— Ça, je n'en doute pas un seul instant, mon ami.

Pour moi aussi, ça a été fantastique, vous savez. J'ai pu vous distinguer, quand j'ai ouvert le sas… L'image que j'avais de vous était floue, comme une photo ratée. Et puis vous avez disparu d'un seul coup. Je ne vous ai même pas vu sortir… J'ai juste entendu le bruit de la porte se refermer assez violemment.

— …Je sais, l'interrompit-il d'une voix toujours excitée. Vous regardiez toujours à l'intérieur de la bulle, quand je suis sorti de la pièce. Mais je n'étais pourtant plus dedans…

— …Oui, oui. Je vous le dis. l'interrompit à son tour le docteur, avec la même excitation – le débit de la voix de celui-ci s'était maintenant accéléré. Il y a eu un moment où vous avez soudainement disparu. Je n'ai revu votre silhouette floue que juste avant de refermer le sas, lorsque vous êtes revenu. Là, j'ai su que tout s'était bien passé. Ah… quel soulagement. J'avais terriblement peur qu'il vous arrive quelque chose durant votre petit voyage. …On ne sait jamais. Une chute, ou quelque chose d'autre…

— J'ai fait très attention, en effet. C'était vraiment extraordinaire, Théodore. Extraordinaire, et vraiment bizarre… J'avais l'impression de tout faire debout dans le fond d'une piscine. L'air était devenu très épais et freinait tous mes mouvements…

— …Eh oui. Bien sûr. C'est logique. Je vous avais prévenu.

— Vous m'avez entendu, lorsque je vous ai dit, « bonjour, Théodore » ? J'étais juste à côté de vous, debout, et vous étiez en train de finir de pousser la porte.

— Non… Non, pas du tout. Je n'ai rien entendu du tout. Je ne vous ai pas entendu parler, je veux dire.

Il baissa les yeux vers le sol, secoua la tête, et dit pour lui-même :

— C'est incroyable… C'est… Il n'y a pas de mots… Vous aviez raison, Théodore ! Vous avez fait une découverte extraordinaire ; la plus extraordinaire depuis la théorie de la relativité d'Albert Einstein… Ça va plus loin qu'un voyage dans l'espace. C'est d'une portée bien plus grande !

Le docteur Arenson ne répondit pas. Il ne semblait même pas entendre et avait l'air d'être absorbé par d'autres pensées. Puis ce dernier dit :

— Bon. Écoutez, Robert. Je suis très impatient de vous entendre me raconter tout cela, mais nous sommes toujours dans le *Centre,* et je suis censé travailler sur une expérience d'accélération subatomique de sang contaminé. Nous ne serions pas à l'aise pour discuter de tout cela ; et puis je voudrais prendre des notes. Vous allez vous dépêcher de vous rhabiller. Je suis bien obligé de m'occuper de poursuivre mon travail normal. On ne me surveille pas, mais… il ne faudrait tout de même pas éveiller des soupçons. Les gens qui travaillent ici manquent peut-être un peu d'imagination et d'initiative, mais ils sont loin d'être stupides. Vous allez reprendre votre rôle de visiteur, et moi je vais m'occuper des échantillons de sang. Nous ne parlerons plus de cela avant la fin de la journée, quand nous serons chez moi. …Comment vous sentez vous ?

— Vous me l'avez déjà demandé… Ça va. Je vais bien. Ne vous inquiétez pas. Je vais même mieux. C'est plus facile de respirer. …Oui, je me sens même mieux qu'avant de partir, en fait. L'air frais me fait beaucoup de bien.

— Vous devez avoir faim… et soif aussi, peut-être ?

— J'ai très faim, en effet, oui. Et puis je suis très quand même fatigué.

— Ah, mince… répondit le docteur Arenson d'un air embarrassé. L'homme le regardait toujours fixement, comme s'il voyait un mort vivant ou quelque chose comme ça. Il dit :

— Le réfectoire est fermé, à cette heure. Ça m'embête de vous laisser partir seul en ville pour aller prendre un repas. Nous n'avions pas du tout pensé à ça ; quel idiot je fais, moi… C'était pourtant évident !

Le docteur s'interrompit encore et parut réfléchir ; il avait détourné son regard de lui pour la première fois ; il regardait le sol avec intensité. Il dut s'écouler deux ou trois bonnes secondes avant que ce dernier relevât la tête, et dit :

— Écoutez, Robert. Je crois que je vais faire une exception. Attendez-moi ici. Je vais prétexter un grave problème familial, et je vais me faire remplacer par mon premier assistant. Il est dans la salle de commande, avec les ingénieurs. Finissez de vous habiller, avant. …Ou plutôt, non. Sortez du *Centre* maintenant, et allez m'attendre sur le parking, à la voiture. Tenez, prenez les clés.

Le docteur releva un pan de sa blouse blanche d'une main, et plongea celle-ci dans la poche de son pantalon pour en ressortir un gros trousseau : il le lui tendit.

Lorsqu'il vit enfin Théodore Arenson s'avancer vers la voiture, à travers le pare-brise, sur le parking qu'il avait traversé il y avait maintenant plus de quatre heures, temps qu'il avait du attendre dans l'obscurité complète de la bulle selon son échelle de temps d'alors, il songea que cela n'était arrivé qu'il y avait une demi-heure selon l'échelle de temps dans laquelle il était revenu. La couche cotonneuse, grise et basse, qui masquait totalement le bleu du ciel était identique, en effet – sauf qu'elle était maintenant mouvante –, et l'horloge du tableau de bord disait bien qu'il était arrivé au *Centre* en compagnie de Théodore Arenson il y avait quatre heures, et certainement pas une de plus. Mais pour lui, cela faisait maintenant plus de vingt heures qu'il était arrivé ici, que cette journée avait commencé, et la nuit ne tomberait pourtant pas avant encore cinq ou six heures…

À l'instant même où il en prit conscience, il réalisa avec surprise qu'il n'avait pas sommeil. Il était très fatigué, ça oui, mais il n'avait pas sommeil. C'était ses incroyables souvenirs qui le maintenaient ainsi éveillé.

Lorsque la voiture du docteur Arenson bifurqua à gauche en sortant du parking du Centre de Recherches en Physique fondamentale, ils tombèrent immédiatement sur une file de voitures à l'arrêt. C'était la petite route qui menait au centre de la petite ville, celle qu'il avait empruntée à pied il y avait quelques minutes, et il s'y était vraisemblablement passé quelque chose qui avait créé un embouteillage jusqu'ici, depuis. La route était bordée de trottoirs et de petits arbres identiques à ceux du parking, mais il n'y avait que des champs plats, au-delà, et pas le moindre piéton.

Déjà… ? se dit-il, en souriant légèrement.

— Oh oh ; on dirait que notre petite expérience a déjà créé quelques troubles. dit Théodore Arenson sans quitter la file de voitures des yeux. Au loin, au bout de la file de voitures, à une distance d'une paire de kilomètres, là où se trouvait la petite place avec ses boutiques tout autour, on pouvait distinguer de petits flashs bleus de voitures de police.

— Vous n'avez pas fait de bêtises, au moins ? demanda alors le docteur Arenson, en se tournant brièvement vers lui.

— Juste quelques petites plaisanteries sans gravité. répondit-il en souriant légèrement. Il avait employé un ton qui se voulait aussi rassurant que possible.

— Et bien ça n'a pas l'air de les faire rire, eux. répondit le vieil homme, tout en faisant visiblement des efforts pour distinguer la petite place, à travers ses lunettes. Qu'avez-vous donc fait, nom de Dieu ? Il ne faut pas attirer l'attention sur nous comme ça… Les gens vont immédiatement penser que le *Centre* y est pour quelque chose.

Il répondit du tac au tac, et aussi rapidement et succinctement qu'il le put pour rassurer le docteur :

— Et bien, j'ai mis une canette de *Coca-Cola* sous le pneu d'une voiture, pour la voir exploser au ralenti. Et puis… j'ai lancé quelques petites pierres dans la vitrine de la pizzeria – il n'y avait justement aucun client à l'intérieur, à cette heure. Et puis aussi, je suis allé à la supérette ; et là, j'ai construit une grosse tour de boîtes de conserve devant le rayon boucherie – elle fait bien deux mètres de haut. …Ça m'a pris près d'une heure. Mais pour les clients, à l'intérieur, ils ont dû voir apparaître ma tour en l'espace d'un peu moins d'une dizaine de secondes… Ça a dû rudement les impressionner, un tour de magie pareil…

Il marqua une pause, puis il se reprit avant que le docteur n'eût le temps de prononcer un mot :

— …Ah, et puis, oui. J'ai aussi tenté de manger quelques aliments sur place, dans la supérette, comme vous me l'aviez demandé, et puis j'ai fait les autres petites expériences avec différentes substances : de l'eau, des œufs, de la confiture, et d'autres trucs. Je vous raconterai tout cela. C'était étonnant !

— Vous avez dû déclencher une véritable panique, ce qui est sûr, avec tout ce que vous me dites. dit enfin le docteur Arenson après un long moment de silence. Mais pourquoi avoir jeté des pierres dans la vitrine de la pizzeria, bon sang ?

— Je n'ai blessé personne, Théodore. Et j'ai pensé avant de le faire que cette pizzeria va maintenant être une véritable attraction touristique… Les milliers de gens qui vont vouloir y venir – ça va très largement rembourser la casse de la vitrine. C'est un coup de pub énorme, pour cette boutique…

— Oh, oui… Sans doute. C'est vrai. répondit le docteur après un instant d'hésitation.

— Ah, si vous aviez pu voir ça, Théodore. C'était véritablement incroyable ! Je ne le regrette vraiment pas. Ce n'était pas des grosses pierres. Vraiment des petits cailloux de deux centimètres de diamètre, tout au plus… Je n'ai pas pu les lancer aussi fort que je le pourrais normalement, à cause de la résistance de l'air. Mais je pense qu'à l'échelle de temps normale, mes cailloux ont du percuter la vitrine à une vitesse de bien plus de cinq cents kilomètres par heure… L'air les ralentissait très rapidement. Mais quand ils touchaient la vitre, ils ne faisaient que de petits trous aux bords assez nets, sans casser la vitrine. C'était comme si mes cailloux passaient à travers une feuille de papier fin ! L'épaisseur du verre ne les ralentissait même pas… À un moment, un de mes cailloux a touché le montant d'une chaise en bois, dans la pizzeria, après être passé à travers la vitre. Et là, vous savez ce qui est arrivé ? …Et bien ce petit caillou, pas plus gros qu'une noix, a sectionné le bois en deux parties ! Tous les cailloux ont fait des trous dans le mur de la pizzeria, à l'intérieur. C'était exactement comme si quelqu'un avait tiré des balles de fusil. C'était vraiment très impressionnant…

— Je l'imagine, en effet. répondit le docteur tout en affichant maintenant un air soucieux, et en rentrant légèrement la tête entre ses épaules. Puis il ajouta :

— Bon, que faisons-nous, Robert ? La file de voitures n'avance pas, et je ne peux pas m'engager à gauche pour aller en ville.

— Et bien faites marche arrière pour revenir vous garer sur le parking, et nous allons aller sur la place à pied. Voilà tout.

— Je crois qu'il n'y a que ça à faire, en effet. Et puis nous avons chacun un intérêt à y aller, moi pour constater les effets de nos expériences, et vous pour voir la réaction des gens à vos petites blagues, n'est-ce pas ? Après ça, nous trouverons bien un endroit pour manger un morceau.

Lorsqu'ils arrivèrent près de la petite place, celle-ci était déjà noire de monde. La police avait placé un ruban jaune délimitant les environs immédiats de la pizzeria, que personne n'avait plus le droit d'approcher.

Dans la foule des curieux, des voix demandaient :

— Qu'est-ce qu'il s'est passé ? »

Une répondait :

— On n'en sait rien, mais quelqu'un a tiré à travers la vitrine de la pizzeria, apparemment.

Une autre disait :

— J'ai tout vu... J'étais là. Y a eu une rafale d'impacts dans la vitrine, mais y a eu aucune détonation. Ils ont du tirer avec une arme à silencieux.

Une autre disait encore :

— Il s'est passé des trucs bizarres à la supérette aussi, il paraît.

Une vieille dame demandait sans cesse s'il y avait des blessés.

Le docteur Arenson se fraya avec peine un passage

dans la foule, jusqu'au cordon de sécurité. Il demeura immobile durant un instant, contemplant les six petits trous bien nets qui criblaient la vitrine de la pizzeria. Malgré la distance de près d'une dizaine de mètres, on pouvait parfaitement voir que le bord des trous était couleur de neige, et que de petites étoiles avec des cercles concentriques s'étaient formées autour de ceux-ci.

— Il faut attendre les experts de la balistique. Apparemment, c'est du sérieux. Les gars qui ont fait ça ont utilisé une arme automatique munie d'un silencieux, disait un policier à un autre, à voix basse.

Robert Haas ne put réprimer un sourire. Il était au moins parvenu à ne pas éclater de rire en entendant la remarque.

Le docteur Arenson se tourna vers lui, puis dit à voix basse :

— Je crains que nous ne puissions voir grand-chose de plus, Robert. Et puis il y a trop de monde, ici. Est-ce que vous vous sentez assez de force pour revenir jusqu'à la voiture ? Nous pourrions emprunter la route dans la direction opposée, et aller jusque chez moi. Nous nous arrêterons quelque part en route pour acheter à manger.

— Ça ira, Théodore. Je suis un peu crevé, mais retourner là bas ne me fait pas peur.

Chemin faisant, le docteur le sermonna à propos de cette histoire de cailloux dans la vitrine.

— Pourquoi ne m'avez-vous pas dit que vous vouliez faire une chose pareille ? Je n'ai pas pu voir les résultats de notre expérience, à cause de ça !

— Je n'avais pas prévu de le faire. L'idée m'en est venue sur place. Mais je pense que vous les verrez encore mieux, au contraire. Tout ça va être largement commenté dans les media, avec toutes sortes de témoignages. Et puis ils vont certainement diffuser les images des caméras de surveillance dans la supérette. Vous pourrez les visionner à loisir sur *Youtube*.

Le docteur n'avait pas répondu.

L'appartement du docteur Théodore Arenson n'était pas très grand. C'était le logement d'un homme seul, encombré de piles de livres, dossiers, matériel de laboratoire antédiluvien dont on n'aurait su dire s'il s'agissait d'objets de collection ou pouvant encore servir. De grandes photos et gravures de célèbres scientifiques étaient accrochées aux murs, dans des cadres sous-verre. Des pépites et pierres étranges étaient posées çà et là sur des meubles et rayonnages de bibliothèques. Ce logement était situé au quatrième étage d'un immeuble plutôt ancien et tout de même cossu, à moins d'une dizaine de kilomètres du Centre de Recherches en Physique fondamentale.

Le docteur Arenson avait absolument tenu à payer leur repas, et il avait mis un point d'honneur à acheter exactement ce que Robert Haas désirait manger. Il avait même acheté une excellente bouteille de *Promised Land* millésimé – un Shiraz Cabernet australien qui allait fort bien avec les pizzas – et un gros gâteau en plus pour fêter l'évènement de cette extraordinaire expérience. Ils n'avaient commencé à parler de l'expérience que lorsqu'ils avaient mangé, installés dans les fauteuils de cuir brun de style moderne du salon. Les cartons de pizza à emporter encombraient la table basse de verre. Le docteur Arenson avait tout de même allumé la télé et baissé le son, juste pour garder un œil sur ce qu'allaient dire les media à propos ce qui était arrivé sur la place de la petite ville.

— Parlez-moi d'abord des difficultés que vous avez rencontrées, Robert.

— Respirer et bouger. Les deux sont pénibles. Il faut contrôler sa respiration, mais on finit par le faire à peu près naturellement, au bout de quelques heures. Le problème, c'est que ça soûle et que ça donne des vertiges. Je pense qu'il faudrait bricoler une sorte de masque qui limite le débit d'air, pour vraiment surmonter ce problème. Un truc où l'air ne passerait que par une petite paille, ou quelque chose comme ça.

Le docteur écoutait attentivement, sans prendre de notes contrairement à ce qu'il avait prétendu, et il mangeait bien peu. Lui dévorait sa troisième part de pizza, et il avait déjà ingurgité près de la moitié de la bouteille de vin rouge à lui tout seul, tant il le trouvait fruité et agréable. Il poursuivit, tout en sentant l'assoupissement venir.

— Les déplacements sont très pénibles. Pour vous décrire au mieux ce que ça peut être, c'est exactement comme lorsqu'on tente de marcher sur le fond d'une piscine. On dirait vraiment que l'air est un fluide qui fait se former des ondulations sur la peau et tire les cheveux en arrière, même lorsqu'on marche lentement. L'air oppose une grande résistance, et j'ai été obligé de toujours marcher en me penchant en avant. Mes pieds avaient tendance à facilement patiner sur le sol dès que je tentais de prendre un peu de vitesse, et l'air se mettait à devenir plus chaud.

En fait, on ne peut se déplacer qu'assez lentement, de toute façon. Il est tout à fait impossible de courir. J'ai dû mettre deux heures pour aller jusqu'à la place, depuis le *Centre* ; et j'ai dû m'arrêter en route pour faire une pause, tant on se fatigue vite… Accomplir une dizaine de kilomètres à pied dans ces conditions doit être une véritable épreuve d'endurance. C'est pareil pour les grands gestes avec les bras et les jambes. Il y une vitesse que l'on ne peut atteindre, car la résistance de l'air vous en empêche. En fait, je crains que ce que peut faire un homme dans cette dimension temporelle est finalement assez limité, malheureusement.

— Alors… demanda le docteur, comment était-ce, lorsque vous avez essayé de manger et de boire des choses non accélérées, en ville ?

Il répondit sans regarder son ami dans les yeux, trop absorbé par les images et les sensations de cette aventure qu'il était en train de revivre en songe.

— J'ai commencé avec une bouteille d'eau, dans la supérette. C'était très bizarre. Tout d'abord, j'ai accidentellement détruit une première bouteille en plastique en essayant de l'extraire d'un pack. Elle m'a littéralement explosé dans la main. J'ai alors recommencé avec une deuxième, en effectuant des gestes très lents, et là ça a marché. L'eau se comporte un peu comme une pâte, ou comme de l'huile. Elle coule lentement, et sa consistance est épaisse. Oh… en fait, on dirait presque de la pâte à crêpes transparente, je dirais. Vous voyez ce que je veux dire ?

— Oui, oui. Je vois très bien.

— L'eau ne descend pas facilement dans la gorge, et ça devient assez rapidement écœurant d'en boire. …En fait, tout est écœurant ; tout ce que j'ai pu essayer. C'était assez bizarre. Mais ça va mieux avec des sodas et des jus. Le goût aide beaucoup à faire passer le liquide. Il y a eu un moment où j'avais vraiment faim, mais la nourriture passait très mal. Les chips, c'était très drôle ! Elles se désagrègent rapidement dans la bouche pour former une pâte. C'était la même chose avec les biscuits secs, les cacahuètes, et tout ce qui est sec et dur. Mais, globalement, je peux dire que tout ce qui est sec et friable est la nourriture la plus… la plus… Comment dirais-je… appropriée, lorsque l'on est *accéléré* et que l'on doit manger des choses qui ne le sont pas. Le pain de mie est immangeable, par exemple.

— …Ah bon ?

— Oui, oui. Vous vous retrouvez rapidement avec une pâte très épaisse dans la bouche, et c'est désagréable à avaler. Un vrai étouffe-chrétien. …Mais bon ; je pense qu'il est tout à fait possible de survivre plusieurs jours dans cette dimension temporelle en sélectionnant la nourriture. Je n'ai pas pu goûter à tout, évidemment. ajouta-t-il en lâchant un rire.

Puis l'expression de son visage changea soudainement ; il releva un regard navré vers le docteur Arenson.

— Avez-vous remarqué quelque chose de particulier, à propos de la pesanteur ? demanda ce dernier avec l'expression d'une concentration intense dans le regard et non celle d'une frustration.

— Oui. Oh, oui… On se sent plus léger. Bien plus léger, mais… Bizarrement, on ne peut pas sauter très haut, à cause de la fluidité et de la résistance de l'air. Mais on tombe plus lentement, sans courir le moindre risque de se faire mal en heurtant le sol. Par contre – et là je me suis beaucoup amusé ; c'était extraordinaire, même – on peut sauter depuis de grandes hauteurs sans aucun danger. La fluidité de l'air ralentit considérablement la chute, mais… Ah… là, ça va être un peu difficile à expliquer…

— Allez-y. Nous avons tout notre temps, maintenant, Robert.

— Et bien, la pesanteur n'était manifestement pas la même pour moi que pour tout le reste… Que pour les autres gens et le monde qui m'entourait, je veux dire. Seulement, la résistance que l'air oppose rend difficile toute appréciation précise. J'ai du mal à faire la part des choses entre la pesanteur et la résistance de l'air, en fait. J'ai souvent songé à ces images d'astronautes marchant sur le sol lunaire, lorsque je me déplaçais et sautais, pour vous décrire au mieux ce que j'ai parfois ressenti ; exception faite de la résistance de l'air.

— Mais, vous avez tout de même tenté des expériences avec… ?

— …Oui, oui. J'y ai pensé. Je suis allé chercher un marteau et du coton à la supérette – je n'ai pas trouvé de plume. Il adressa un bref sourire entendu à Théodore Arenson.

— Et alors… ?

— Et bien le marteau tombe très lentement, et le morceau de coton encore bien plus, voilà tout… Cinq cents fois plus lentement qu'en situation normale, apparemment. Mais le marteau touche le sol bien avant le morceau de coton… En fait, je pense que… comme je suis *accéléré*, je réagis différemment aux chocs, plutôt qu'à la pesanteur, je veux dire. Je tombe lentement, c'est-à-dire à vitesse normal par rapport au monde *non accéléré*, en fait, mais… je ne m'écrase pas lentement sur le sol, ainsi que cela devrait arriver, en principe. La manière naturelle d'amortir le choc du sol, que nous adoptons tous lorsque nous sautons, en pliant les genoux et en nous servant des muscles de nos cuisses, me préserve de cet écrasement ; comme si la force de mes muscles était… multipliée par cinq cents, elle aussi ? Vous croyez que cette interprétation est la bonne, Théodore ?

— Ça a bien l'air d'être ça, en effet, d'après tout ce que vous me dites. répondit le docteur Arenson. Après tout, les dégâts qu'ont faits les petits cailloux que vous avez lancés dans la vitrine de la pizzeria le confirment bien.

C'est intéressant, finalement, et... ça doit certainement entraîner d'autres conséquences dont vous n'avez pu avoir conscience. Quant à la résistance de votre corps – je veux dire de votre peau et de vos os – elle aussi semble avoir été multipliée.

Mais, techniquement, je me demande... Il doit s'agir d'un rapport entre l'accélération que nous arrivons à obtenir, et... la masse. Je veux dire... votre masse doit augmenter avec le ratio d'accélération, et... donc... votre résistance viendrait de là. Si vous n'étiez que plus fort, cela n'empêcherait cependant pas votre peau, vos muscles, vos os et tout le reste de s'écraser et d'être endommagés. Mais ce n'est pas aussi simple que ça. En fait, comme je vous l'ai expliqué, ce sont les caractéristiques énergétiques de chacun des atomes de votre corps qui ont été légèrement modifiées ; ou plus exactement, les caractéristiques des sous-particules des atomes de votre corps. On peut dire, en voyant les choses sous un certain angle, que tout votre organisme était constitué d'atomes « parallèles » à leurs versions respectives *non accélérées.* Il ne s'agit pas d'antimatière, mais d'autre chose. Ce n'est pas une question de polarité, sinon vous ne seriez plus là, mais de différence d'équivalence masse/énergie. Une « altération » organisée et contrôlée, pourrait-on peut-être dire.

Théodore Arenson s'interrompit pour réfléchir encore : puis il reprit, les yeux dans le vague.

— Seulement... Et si votre masse diminuait de

cinq cents fois, plutôt. Oui, ce serait plutôt ça, et ça correspondrait avec ce que vous avez remarqué quand vous avez sauté d'une hauteur importante. ...maintenant, ça n'explique pas pourquoi vous seriez... Oh, mais... ce doit être tout bêtement ça...

— Quoi ?

— C'est la vitesse qui accroît l'énergie cinétique des parties de votre corps, et qui nous trompe en nous faisant prendre cette énergie pour de la masse ; tout simplement. Vous comprenez ce que je veux dire, Robert ?

— Je crois, oui. Masse multipliée par la vitesse au carré... Le tout divisé par deux ?

— C'est bien ça, Robert. C'est tout simplement ça, mais... dans ce cas, ce nouveau ratio vitesse et masse qui est le votre, lorsque je vous ai accéléré, il devrait donner la même résistance que celui des choses du monde qui n'est pas accéléré... Les chiffres sont différents, au départ... mais on arrive au même résultat, à la fin. C'est ce que la logique nous dit. Nous voyageons dans le temps, non pas en utilisant la vitesse, mais en manipulant la masse avec précision et d'une manière qui est aussi précise qu'elle est particulière, puisque nous agissons sur chaque sous-particule, et non pas bêtement sur un ensemble dont les atomes conservent leurs caractéristiques normales – sinon vous cuiriez vif, bien sûr. Avez-vous tenté de donner un coup de pied ou un coup de poing dans quelque chose, durant votre voyage, malgré mes recommandations ?

— Non, je m'en suis bien gardé, justement…

— Bon… Alors il faudra que nous trouvions une expérience appropriée à ce problème. Il est important d'en avoir le cœur net. Ça peut être déterminant pour le choix de nos prochaines expériences, vous le comprenez bien ?

— Mais la bouteille d'eau m'a tout de même explosé dans la main, et je ne me suis pas blessé. Je n'ai même ressenti aucune douleur, Théodore.

— Oui, mais il faudrait vraiment en faire beaucoup, pour qu'une bouteille d'eau en plastique vous fasse du mal. À moins de la prendre en pleine figure… quoique dans votre cas…

— Nous allons donc organiser un nouveau voyage ?

Le docteur le regarda d'un air songeur, et répondit :

— Ça a l'air de s'être bien passé. Nous allons attendre quelques jours avant de recommencer, le temps de voir si vous ne ressentez rien de particulier ou n'avez eu aucun problème durant l'étape de *décélération*, et… alors si vous êtes toujours d'accord, nous recommencerons, oui.

— Et comment, que je suis d'accord !

— À vrai dire, Robert, j'ai une idée d'expérience en tête, à propos de la vitesse de la lumière lorsque la source lumineuse est accélérée. En principe, la vitesse de la lumière devrait être la même, mais je voudrais tout de même voir ce qui arrive dans un cas aussi exceptionnel que celui-ci.

— Comment allez-vous faire ? répliqua Robert

Haas, étonné. Vous m'avez dit que tout ce qui est électrique ou électronique supporte mal *l'accélération* ?

— Je n'en sais encore trop rien, Robert. Il faut que je trouve une solution. Il n'est pas certain que ça marche à la première tentative. Je ne sais pas encore exactement ce que je cherche, pour tout vous dire ; mais, grosso modo, ça tourne autour d'échanges entre notre échelle de temps actuelle et celle d'une autre plus rapide. Enfin, disons plutôt que… je cherche à « tomber sur quelque chose », parce que je suis certain que nous allons tomber sur quelque chose de tout à fait inattendu durant nos expériences. Après tout, d'un point de vue extrêmement rationnel, nous ne faisons que jouer à faire coexister et interagir des atomes connus avec des versions altérées de ceux-ci. On peut dire que cela fait de vous une « chambre à bulles » d'accélérateur de particules, vivante et ambulante, Robert… Cela fait de vous un instrument de laboratoire de physique nucléaire. Seulement, vous, vous ne produisez pas d'images, mais des descriptions et explications toutes faites. À moi de trouver ensuite les formules devant expliquer ce que vous me rapportez. Il y a quatre états de la matière, mais nous en avons trouvé un nouveau, en quelque sorte. Je ne dirais pas qu'il s'agit d'un état supersolide, mais plutôt d'un état superénergétique. Nous jouons peut-être – peut-être, je dis bien – avec cette sous-particule que nous devions découvrir avec ce nouvel accélérateur statique, celle qui permet à la gravitation d'exister : le *graviton.*

Puis le docteur Arenson tourna franchement la tête vers le grand écran de télévision, et s'empara de la télécommande pour monter le volume. Robert Haas dut se tourner sur son fauteuil pour regarder, lui aussi, car il ne se trouvait pas vraiment en face de l'écran.

L'image vidéo était celle de la pizzeria de la petite place commerçante. La vitrine percée de six trous devenait alternativement blanche, opaque, et transparente, sous les lumières des flashs d'appareils photo. Des hommes en tenues blanches entraient et sortaient de la pizzeria. Une voix *off* d'homme mûr, plutôt énergique, dit :

— C'est ce matin vers 10 heures 15 que les premiers incidents se sont produits chez quelques commerçants de la petite ville de Chimano, déjà célèbre pour être l'endroit où a été installé le grand accélérateur de particules statique du Centre de Recherches en Physique fondamentale. Des incidents tous aussi incroyables les uns que les autres, et chacun de nature très différente. Ici, les habitants ont tout d'abord cru être confrontés à quelques mauvaises plaisanteries de la part d'un prestidigitateur particulièrement talentueux. Puis les choses ont pris une autre tournure, et une panique générale s'est très vite installée, lorsque des impacts ont littéralement criblé la vitrine d'une pizzeria, ainsi que vous pouvez le voir sur ces images.

La caméra fit un gros plan des trous dans le verre qu'elle montra rapidement les uns après les autres. Le débit du commentateur demeurait constant.

— Au début, le responsable de la pizzeria, qui se trouvait présent dans la salle, a tout d'abord cru que sa boutique était attaquée à l'arme automatique ; et c'est d'ailleurs ce que tout le monde ici a pensé, et ce que les premiers policiers arrivés sur place ont pensé aussi. Seulement, les premiers résultats que nous rapportent les experts en balistique du laboratoire de la police, indiquent que ces impacts n'on pas été causés par les projectiles d'une arme à feu conventionnelle.

Déjà, personne n'a entendu aucune détonation, et aucun piéton ni véhicule ne se trouvait devant la pizzeria au moment où la vitrine fut criblée d'impacts. Ceci constitue une énigme à laquelle personne n'a été en mesure d'apporter de réponse pour l'instant, mais pas seulement… Car, plus étrange, les experts en balistique n'ont retrouvé aucun des projectiles qui ont été tirés contre la pizzeria. Ils ont bien fini leur course dans les murs de la salle du restaurant, mais pas la moindre particule de métal n'a pu être trouvée.

Quelques secondes auparavant, d'autres évènements étranges et de nature tout à fait différente se sont produits dans une supérette, située à seulement quelques pas de cette pizzeria, et ont impacté la tranquillité des habitants de la paisible petite ville de Chimano.

La caméra montra cette fois une tour faite de toutes sortes de boîtes de conserve, au beau milieu d'une allée de magasin. La tour semblait avoir été construite à la hâte, ce qui démentait l'hypothèse d'une astuce de *merchandising* pour une opération promotionnelle. Le magasin semblait avoir été vidé de sa clientèle comme de son personnel, et seuls deux hommes en costumes semblaient être en conversation à côté de celle-ci.

Robert Haas éclata de rire, et dit à haute voix à l'adresse du docteur.

— Alors, Théodore ; appréciez-vous un peu plus cette blague-là ? Elle n'est pas mal, non ?

— Oui, c'est très amusant, bien sûr. Mais, encore une fois, tout cela finira immanquablement par attirer la suspicion des gens vers le *Centre de Recherches*… Il y en a qui vont s'imaginer des trucs absurdes, sans aucun rapport avec la réalité de notre expérience. Vous pensez bien que des esprits un peu simples et exaltés ne vont pas tarder à imaginer que nous pouvons déplacer des objets depuis le *Centre*, avec des « rayons télékinétiques », ou je ne sais quelle ânerie de ce genre… On va nous enquiquiner avec ça ; c'est sûr…

L'écran de télévision montrait maintenant une vidéo de la tour de qualité plutôt médiocre, prise en plongée depuis une hauteur : il était évident qu'il s'agissait d'images prises par une caméra de surveillance de la supérette. Le docteur Arenson et Robert Haas avaient interrompu leur conversation pour se concentrer sur la scène.

On voyait tout d'abord apparaître quelque chose d'indéfini sur le sol carrelé de l'allée. L'image n'était pas assez nette pour qu'on puisse formellement identifier une de ces grosses boîtes de conserve cylindrique. Puis quatre autres petites formes apparurent sitôt après, les unes placées à côté des autres, pour former une tache plus large. Puis il y eut quatre ou cinq nouvelles formes qui s'additionnèrent aux premières, très rapidement. Puis la tache sur le sol grandit rapidement, et il était clair que cela se produisait à la cadence de quatre ou cinq petits points ajoutés à chaque fois.

Puis, lorsque la tache sur le sol devint un cercle d'environ un bon mètre de diamètre, celle-ci gagna alors en hauteur. Le processus s'interrompit définitivement au bout d'une dizaine de secondes ou un peu moins, lorsque le tas de petits points colorés atteignit une hauteur à peu près égale à celle d'un homme. Le film faisait franchement songer à la croissance d'une termitière géante prise en accéléré. À aucun moment on ne pouvait voir ou même deviner quoi que ce soit d'autre que des points colorés, qui apparaissaient par groupe de quatre à six unités. La vidéo montrait également des clients s'arrêtant pour regarder en direction de la tour en cours de « matérialisation ».

La voix *off* répétait, avec le plus grand sérieux, qu'il ne s'agissait pas d'un trucage vidéo, ni d'un canular, mais ce devait certainement être difficile à croire pour n'importe qui, excepté pour le docteur Théodore Arenson et Robert Haas.

Robert Haas dit alors, sans quitter l'écran du regard et tandis que son visage affichait l'expression d'un enfant émerveillé :

— Théodore, je pense que ces images-là

discréditent complètement l'histoire des trous dans la vitrine de la pizzeria. Si je ne savais pas comment cela est arrivé, c'est exactement ce que je penserais : qu'il s'agit d'un canular monté par les media à l'occasion d'un premier avril. Seuls les amateurs de tables tournantes et de soucoupes volantes vont croire à cette histoire… La manière dont les boîtes de conserve s'empilent fait immédiatement songer à ce trucage vidéo éculé, où on ne garde que certaines images d'un film pour créer l'illusion que des objets ou des personnages se matérialisent spontanément. J'irais même jusqu'à dire que la police va croire que quelques commerçants de cette place se sont associés pour créer tout cela, dans le seul but de se faire un peu de pub.

— Vous avez peut-être raison, Robert, commenta le docteur Arenson, sans détourner les yeux de l'écran, lui aussi. Si je me mets un instant à la place du téléspectateur lambda, je trouve que la vidéo de votre tour de boîtes sent le trucage bas de gamme à plein nez, et rien d'autre. Et puis la vidéo n'est pas nette, en plus.

— Moi je pense que bien avant de s'intéresser au *Centre*, ils vont tout d'abord faire une enquête sur le patron de la pizzeria et sur celui de la supérette – les pauvres… Sans parler des journalistes envoyés sur place, qui vont se dire qu'on s'est payé leurs têtes !

CHAPITRE II

TUER LE TEMPS

La sonnerie du réveil tira Robert Haas d'un rêve, ou peut-être d'un cauchemar. Il n'était pas encore tout à revenu à la réalité. Il ne voulait pas oublier ce qu'il venait de vivre et faisait de grands efforts pour cela. Il referma les yeux pour mieux y parvenir, mais les images fuyaient son esprit ; elles n'étaient déjà plus que lambeaux. Il venait de rêver d'un nouveau voyage dans l'autre échelle temporelle ; un de plus. Lorsque cela se produisait, il lui arrivait parfois de se demander durant quelques instants si ce qu'il tenait pour son vrai voyage n'avait pas été un rêve, lui aussi. Mais ses contacts quotidiens avec Théodore Arenson lui rappelaient que non, il avait *vraiment* voyagé dans le temps.

Depuis ce jour, il ne pensait plus qu'à cela, au point d'en rêver. Il ne revivait pas les souvenirs de son escapade. Son esprit créait d'autres scenarii de voyages temporels, mais ceux-ci évoluaient rapidement vers des cauchemars, toujours les mêmes : il ne pouvait pas revenir, et réalisait qu'il était à jamais prisonnier d'une dimension temporelle où le temps s'écoulait cinq cents fois plus lentement que dans celle du monde normal. Et quand il essayait d'interpeller les gens pour appeler à l'aide, personne ne l'entendait ; de sa bouche ne sortaient que des borborygmes à la tonalité grave.

C'est ce qui avait été sur le point d'arriver dans ce dernier rêve : il venait de revenir dans la pièce de l'accélérateur à l'heure, mais il avait trouvé le sas fermé, et Théodore Arenson n'était plus là... La panique avait commencé à le gagner au moment même où le réveil avait sonné ; du moins, en avait-il l'impression.

Il ouvrit à nouveau les yeux. Puis il réalisa qu'il transpirait. Il se força cette fois-ci à s'imprégner de la réalité. Il était bien dans *son* échelle de temps, là où celui-ci s'écoulait normalement.

Un sentiment de joie l'envahit alors. Il songea à aller se préparer un bon café au lait bien chaud, et puis deux toasts de pain de mie grillé qu'il recouvrirait de beurre. Et puis il partirait travailler.

Robert Haas n'était pas bête. Il était très intelligent, même. Mais il était gardien du service de sécurité dans un immeuble de la Compagnie du téléphone : un travail qui était bien loin de correspondre à ses capacités. Là-bas, sa tâche ne consistait qu'à attendre dans un grand hall d'accueil, au cas où quelque chose arrive.

Mais rien d'anormal n'y arrivait jamais.

Il avait tout d'abord fait la connaissance du docteur Théodore Arenson sur Internet, et plus particulièrement sur un forum dédié aux mathématiques. Intéressé à l'époque par les « automates cellulaires », il avait posté une question, et c'était le docteur Arenson, grand amateur de ce sujet si particulier, qui y avait répondu sous un pseudonyme. Un échange de messages s'était ensuivi, et Théodore Arenson l'avait finalement invité à le rencontrer – le hasard avait fait que les deux hommes habitaient dans la proche banlieue de la capitale, à quelques petits kilomètres l'un de l'autre.

Théodore Arenson avait élaboré des milliers de séquences algébriques qui, une fois interprétées par un petit programme informatique, donnaient naissance à des canevas géométriques complexes et très jolis, qui se construisaient peu à peu d'eux-mêmes sous les yeux de l'observateur ébahi. Il y avait bien une logique et des règles algébriques élémentaires à respecter, au moment de rédiger les formules, mais la forme et les motifs des canevas étaient totalement imprévisibles. C'était ce qui fascinait les deux hommes, qui en étaient progressivement arrivés à devenir des amis depuis le jour de cette rencontre physique, il y avait maintenant quatorze ans.

Lorsque Robert Haas s'était par la suite intéressé à la *fonction zêta* de Riemann, là encore le docteur Théodore Arenson l'avait aidé. Une sorte de profond respect mutuel, découlant pour chacun des deux hommes de raisons différentes, avait fait que ceux-ci ne s'étaient tacitement jamais tutoyés. Robert Haas s'était d'ailleurs dit que si jamais l'un d'eux devait un jour tenter de tutoyer l'autre, alors cela signifierait une soudaine baisse d'estime réciproque, ou plus exactement de respect, dans leur relation.

Aussi, Robert Haas avait peu à peu découvert que

l'intelligence de l'Homme pouvait régresser, stagner ou évoluer, selon le milieu social dans lequel celui-ci évoluait. Il était certain de s'être considérablement cultivé et d'avoir intellectuellement évolué, en effet, depuis qu'il fréquentait Théodore Arenson. Non pas parce que le docteur lui enseignait des savoirs, mais parce que lui avait fait l'effort de lire et de s'élever, afin de mériter le privilège de cette relation amicale et désintéressée avec un scientifique de haut niveau.

En quatorze ans, Robert Haas avait donc beaucoup changé, mais cela s'était fait au prix de la disparition progressive de toutes ses autres relations qu'il avait trouvé de plus en plus stériles, parce que bâties sur des centres d'intérêt futiles ou sans grande portée.

Pour le docteur Arenson, cette relation avec Robert Haas était sans aucune ambiguïté non plus. Ce scientifique et directeur de recherche de l'accélérateur statique du Centre de Recherche en Physique fondamentale, aujourd'hui âgé de soixante-cinq ans – et donc de vingt-cinq ans l'aîné de son ami – s'était lassé du manque de curiosité et d'imagination de ses collègues, qu'il qualifiait volontiers de « bureaucrates de la science ». Aussi, il était exaspéré par la peur ou la réticence quasi dogmatique de ces derniers à s'écarter de leurs spécialités respectives.

« À moins d'un miracle, on ne peut pas faire de découverte significative si on refuse de s'aventurer un peu dans d'autres disciplines… » – c'était le leitmotiv du docteur Théodore Arenson. Curieux de nature et curieux de tout, hormis quelques rares exceptions, le vieux scientifique ne rechignait pas à s'écarter de sa spécialité chaque fois que l'occasion lui en était offerte. Ceci faisait de lui un « penseur latéral », par opposition aux « penseurs verticaux » ne s'écartant jamais de la spécialité qu'ils ont choisie au sortir de leurs formations universitaires.

Le docteur Théodore Arenson avait dit un jour à Robert Haas que c'était grâce à des gens comme lui, si prompts à s'aventurer sans complexe ni crainte dans toutes les matières, qu'il pouvait être imaginatif et nourrir l'espoir de faire de nouvelles découvertes.

Parfait spécimen du chercheur reclus à l'esprit en constante ébullition, et n'ayant jamais une minute à perdre avec des futilités, Théodore Arenson ne s'était jamais marié. Il était le dernier descendant d'une famille plutôt aisée, qui s'était consacrée à la science depuis trois générations. Mais une chose angoissait le vieil homme depuis quelque temps : on allait l'envoyer à la retraite dans deux ans, quoi qu'il fasse, même s'il déclarait avoir fait une grande découverte. La perspective de cette vie à venir quasiment végétative rongeait le vieux scientifique. « Quelle absurdité de vouloir me forcer à ne rien faire ! Je ne demande pas à me reposer ; je ne travaille pas à la mine ! » s'indignait et s'insurgeait parfois Théodore Arenson.

Il était parfois arrivé à Robert Haas de se demander si Théodore Arenson ne le traitait et considérait pas un peu comme son fils. L'homme se confiait régulièrement à lui à propos de ses problèmes professionnels comme personnels.

Robert Haas n'avait jamais véritablement couru le jupon, lui non plus, mais dans son cas c'était parce qu'il avait été à la recherche d'une relation amoureuse unique, stable et durable. C'est pourquoi il s'était marié à l'âge de vingt-trois ans avec une femme de cinq ans son aînée qui, quant à elle, commençait à ce moment-là à craindre de se retrouver vieille fille. C'était la première femme que Robert Haas avait fréquentée – il était demeuré puceau jusque-là. Les deux s'étaient mariés seulement six mois après s'être connus, et alors que la jeune mariée était déjà enceinte de trois mois.

Puis, lorsque cette femme lui avait donné une fille, cela avait été comme si celle-ci n'avait jamais rien n'attendu d'autre de lui : un enfant. L'épouse de Robert Haas avait soudainement voulu reprendre sa vie de célibataire, en compagnie de sa fille et de personne d'autre, sans jamais oser le dire franchement pour autant. Celle-ci fit donc tout ce qu'elle put pour pousser Robert Haas à partir de lui-même, ce qui finit par arriver environ une année après la naissance de leur fille, lorsqu'elle lui présenta l'un de ses amants avec le plus grand naturel. Le divorce fut officiellement prononcé une paire d'années après cette rupture, et après bien des tentatives de Robert Haas de persuader son épouse de revenir vivre avec lui, malgré ces indélicatesses. Il l'avait revu pour la dernière fois au tribunal, le jour du divorce, il y avait maintenant dix-huit ans. Cette femme s'était astucieusement débrouillée pour qu'il ne tentât jamais de la revoir, ni même ne tente de revoir sa fille.

Robert Haas avait eu une ou deux aventures sans lendemains depuis, et il s'était résigné à poursuivre une vie de vieux garçon, sans plus grand espoir que cela change un jour.

Ni laid ni vraiment beau, Robert Haas avait aujourd'hui quarante-deux ans et tous ses cheveux blonds, dont ceux des tempes commençaient à devenir gris cependant. Les traits de son visage étaient proportionnés, quoique son nez fût un peu long. Ses yeux étaient bleu-gris et doux. Il était plutôt grand, mais pas vraiment mince. Il était réfléchi, et parfois un peu dans la lune même, mais il passait pour un personnage agréable à fréquenter et particulièrement calme. Robert Haas se mettait rarement en colère, et il attachait une importance toute particulière à la courtoisie et aux règles de savoir-vivre, sans aller jusqu'à en paraître précieux ou snob.

Il apporta son petit déjeuner sur un plateau dans le salon, le posa sur la table basse, s'installa confortablement dans le canapé, seulement vêtu d'un peignoir de bain, et alluma la télévision pour regarder les dernières informations.

L'affaire des mystérieux impacts dans la vitrine de la pizzeria, et celle de la tour de boîtes de conserve avaient occupé les media durant une bonne semaine. Puis il y avait eu cette terrible tempête qui avait dévasté près d'un dixième du pays, et c'est ainsi que les étranges évènements de la petite ville de Chimano avaient été oubliés : on n'en avait plus reparlé depuis.

Cependant, le docteur Théodore Arenson lui avait dit que des enquêteurs et des scientifiques continuaient de venir interroger les commerçants de la petite place, et de procéder à des prélèvements et relevés scientifiques. Contrairement à leurs craintes, personne n'avait eu l'idée de poursuivre les investigations en direction du Centre de Recherches en Physique fondamentale, distant de cet endroit de seulement deux kilomètres.

Le téléphone sonna au moment où le présentateur du journal télévisé était en train d'interviewer un ministre impliqué dans une affaire de pot-de-vin, versé en échange d'une indulgence concernant une énorme fraude fiscale. Le ministre regardait le présentateur bien droit dans les yeux et en prenant un air des plus indignés, tout en répétant qu'il était « serein » : une attitude et un mot devenus notoirement communs chez les prévaricateurs de cette magnitude.

— Allô… oui.

— Bonjour, Robert. Alors, comment vous portez vous, ce matin ?

C'était Théodore Arenson qui lui téléphonait pour s'enquérir de sa santé, comme chaque matin depuis leur expérience de voyage temporel. Théodore Arenson lui avait imposé cette quarantaine informelle, par crainte que les *accélération* et *décélération* aient pu affecter sa glande thyroïde, ou autre chose. On sentait d'ailleurs bien une réelle anxiété tout à fait inhabituelle dans la voix du vieil homme, un peu comme s'il était convaincu qu'il allait tomber malade.

— Bonjour Théodore… Non, rien… Désolé de vous décevoir. À part les rêves et les cauchemars… toujours rien à signaler. Je me porte très bien. Je ne ressens aucune fatigue. Pas de maux de tête, ni douleur nulle part. Juste les rêves ; c'est tout.

Le docteur n'avait pas relevé la tentative de dérision.

— Bon, bien, bien… Et bien tant mieux, alors. Désolé de vous imposer ces tracasseries, Robert, mais – encore une fois – vous êtes tout de même le plus gros animal à avoir séjourné dans l'accélérateur, et… enfin… on ne sait jamais, vous comprenez ?

— Oui, oui… Non, vous ne me dérangez aucunement. Au contraire. C'est toujours un plaisir de vous entendre au téléphone, vous le savez bien. Et puis ce matin, après un nouveau rêve qui était sur le point de tourner au cauchemar, quand mon réveil a sonné au bon moment, j'attendais même votre appel avec une certaine impatience, pour tout vous dire. Dans mon rêve, le sas de l'accélérateur était fermé et vous n'étiez plus là, au moment où je revenais… encore.

— Je comprends que tout cela vous ait un peu perturbé. …Il y a de quoi, en effet. Vous êtes tout de même l'homme qui a accompli le périple le plus incroyable de toute l'histoire de la science, depuis celui du premier homme qui a posé un pied sur la lune. Faites attention. Surveillez-vous bien, et informez-moi immédiatement de tout ce qui vous semblerait anormal ; n'importe quoi ; la moindre chose a priori insignifiante. Vous savez que quelques astronautes ont été si marqués par leurs expériences qu'ils sont devenus *siphonnés* par la suite... Encore une fois – je sais, je me répète –, prenez du recul par rapport à ça, Robert ; relativisez. Rien n'a été rendu public. Il ne s'agit que d'une expérience un peu marginale menée par « deux fous ». Je suis conscient d'être fou de vous y avoir envoyé ; et vous, vous êtes tout aussi fou d'avoir accepté.

Puis le docteur lâcha un petit rire avant d'ajouter :

— Nous ne sommes bien que deux grands gamins en train de faire les quatre cents coups, vous ne trouvez pas ?

Il rendit son rire à l'homme.

— Ça, je crois qu'on peut le dire, en effet. Mais si des chercheurs tels que vous n'existaient pas, on ne ferait plus aucune grande découverte...

Il y eut un silence au bout du fil, puis le docteur reprit, d'une voix plus sérieuse et dans laquelle on pouvait distinctement identifier de l'émotion :

— ...Vous savez, Robert ; si jamais... vous décidiez d'aller tout raconter à quelqu'un... Et bien, je ne vous en voudrais pas. Je trouve que ce serait normal. Mais... si jamais vous deviez le faire, je souhaiterais vous demander une dernière faveur...

— Oui ?

— Prévenez-moi juste avant. C'est tout. Je n'aimerais vraiment pas tomber des nues et l'apprendre par quelqu'un d'autre que vous, s'il vous plaît.

— Je n'ai pas du tout l'intention d'en parler à qui que ce soit, Théodore... Vous le savez bien. Nous en avons assez parlé avant, il me semble. J'ai été d'accord, et… d'ailleurs, c'est même moi qui vous l'ai proposé. …qui vous l'ai proposé, et même… qui ai insisté. Vous ne vouliez pas, au début. Vous vous en souvenez, j'espère ?

— Oui… oui… Bien sûr. Mais aucun scientifique n'aurait accepté sans avoir accompli plusieurs années d'expériences préalables avec des animaux, croyez-moi. Ma part de responsabilité se situe là, et elle est encore plus grande que la vôtre. Tout ça, c'est à cause de l'âge auquel ils me foutront dehors qui approche. S'ils venaient à être au courant, ils m'accuseraient aussitôt de m'être laissé emporter par la vanité.

— Bon, nous n'allons pas nous confondre en échanges de politesses, Théodore. Nous sommes bien d'accord, et c'est ça qui compte.

— Oui, oui… Bien sûr, bien sûr, Robert.

Il y eut un nouveau silence, et le docteur demanda :

— Donc j'entends que vous êtes toujours d'accord pour recommencer ?

— Bien sûr, Théodore. Plutôt deux fois qu'une. …je n'ai pas eu le temps de voir tout ce que je voulais. J'y suis resté près de quinze heures, mais elles m'ont paru très courtes. Il y a d'autres choses que je voudrais comprendre… et vous aussi !

— Nous allons en parler bientôt, Robert. J'ai beaucoup réfléchi à tout cela, depuis, et j'ai eu quelques nouvelles idées. Vous allez être surpris, croyez-moi. Votre quarantaine sera terminée dans une semaine, et les opportunités de voyages ne vont pas manquer. Nous avons un planning d'expériences assez chargé, au *Centre*. Je vous propose que nous nous voyions demain soir. Est-ce possible, pour vous ?

— Bien sûr, avec plaisir.

— Bon, alors quelle heure vous conviendrait, dans ce cas ?

— C'est comme vous voulez, Théodore… Je sortirai du travail à la même heure. C'est moi qui vous invite, cette fois-ci.

— Bon, alors disons que je pourrai arriver chez vous aux environs de sept heures… sept heures et demie ?

— Pas de problème. J'aurai eu le temps de faire quelques courses.

— Et bien alors on fait comme cela. Je vous dis à demain soir, Robert.

— D'accord ; à demain, Théodore.

Il reposa le combiné avant d'avoir entendu la tonalité signifiant que le docteur avait fait de même. L'écran de télévision montrait maintenant la photographie d'un acteur de cinéma, dont le récent décès avait déclenché une mobilisation générale des journalistes. On l'avait pourtant totalement ignoré depuis plusieurs années, et il n'avait plus joué aucun rôle à part dans des pièces de théâtre dont personne n'avait parlé. Même lui ne se souvenait pas de cet homme. Mais maintenant qu'il était mort, il était soudainement devenu l'acteur le plus aimé de tout le pays. C'était toujours comme ça – avec les chanteurs, les peintres et les écrivains aussi.

Il songea à nouveau à Théodore Arenson, à leur conversation qui venait de se terminer, et à comment ils en étaient tous deux arrivés à entreprendre cette expérience.

La chose était venue très lentement. Ça avait duré plusieurs mois, et il se dit que l'idée avait dû commencer à germer dans leurs esprits à compter de cette soirée où ils avaient parlé de la théorie de la relativité générale d'Albert Einstein. Ça avait tout d'abord commencé avec ce concept de tenseurs métriques de l'espace-temps. Et puis, à partir de cette histoire de comment l'énergie et la matière modifient la géométrie de l'espace-temps, c'est lui qui avait soudainement fait dériver la conversation vers la *réversibilité du temps*, cette idée de Stephen Hawking. Le fameux physicien britannique avait d'ailleurs fini par l'abandonner, puisqu'elle impliquait que ce qui était arrivé devait se reproduire à l'envers dans le cas où l'univers en expansion se mettrait à s'arrêter, puis à se contracter en raison de sa masse gravitationnelle globale. C'était tout à fait absurde. Et puis de toute façon, il y avait le problème de la masse manquante qui interdisait l'hypothèse d'un « *big crunch* ».

Mais comment en étaient-ils arrivés à parler de la possibilité que des dimensions temporelles différentes puissent coexister parallèlement ? De cela, il ne s'en souvenait plus.

Il força son esprit à faire remonter le souvenir de cette conversation, tout en buvant une gorgée du café qui, devenu plus tiède que chaud, lui rappelait que le temps s'écoulait toujours normalement. Il sourit intérieurement en se disant : non, je n'irai pas jusqu'à laisser tomber la tasse sur le sol.

Ah, oui… C'est lui qui avait commencé avec cette idée de particule *singulière.* Il s'en souvenait maintenant très bien. Il avait parlé de cette formule d'Einstein, si étonnamment simple, avec laquelle il avait joué. Cela l'avait tellement surpris de constater que, dès que l'on dépassait la vitesse de la lumière – ce qui était impossible en pratique, bien sûr – et bien alors on cessait d'aller dans un futur toujours plus lointain, pour aller subitement dans le passé. Mais ce qui l'avait le plus fasciné était tout de même moins ce surprenant retournement de situation, que ce qui arrivait lorsqu'on atteignait *exactement* la vitesse de la lumière, cette étape où le temps cesse de s'écouler, lorsque tout évènement est immédiat et que l'espérance de vie égale l'éternité.

Il avait dit à Théodore Arenson quelque chose comme, « les maths nous disent et nous prouvent souvent des choses complètement impossibles, pour ne pas dire farfelues… »

« Et pourquoi dites-vous cela », lui avait répondu le docteur ?

Il avait alors souri et répondu, « Et bien je vais vous donner un bon exemple. Aller plus vite que la lumière – les mathématiques nous disent que c'est possible ! Il suffit d'attribuer une masse de valeur négative à une particule pour y parvenir… »

Le docteur avait réfléchi durant une seconde ou

deux, puis avait répondu, « Ah oui… C'est vrai. Je ne serais jamais allé jusqu'à imaginer un truc pareil, puisque c'est impossible, mais… dans un tel cas, en effet, la quantité d'énergie nécessaire pour faire voyager une particule à la vitesse de la lumière ne serait plus infinie. …C'est vrai, oui. Et puis, on pourrait même la dépasser, comme vous le dites. Cette particule voyagerait dans le temps sans même avoir à se déplacer, d'ailleurs… Vous êtes décidément un vrai trublion, Robert… »

Puis le docteur Arenson s'était soudainement interrompu, avait paru réfléchir intensément, puis avait dit tandis que son visage avait formé un sourire malicieux :

« Mais, vous semblez ne raisonner que par la vitesse, Robert. Vous négligez trop la gravité, qui est un autre moyen de voyager dans le temps. Les trous noirs s'affranchissent du temps par la gravité. Vous le savez bien, non, puisque vous venez de m'exposer cette idée de masse négative ? »

« Je n'ai pas vraiment cherché à explorer ce sujet sous cet angle, en vérité », avait-il benoîtement répondu en baissant les yeux vers le sol. Le docteur avait alors ri, puis ajouté : « On peut altérer certaines caractéristiques des particules subatomiques, aujourd'hui, Robert. Je veux dire qu'on peut le faire beaucoup plus intelligemment que par simple agitation électronique. Le *modèle de Schrödinger* ne tient pas compte de la relativité, mais *l'équation de Klein-Gordon* prend en compte la relation masse-énergie, elle. Ne vous êtes-vous jamais intéressé à l'équation de Klein-Gordon ? Oh, ne me dites pas que vous en êtes resté à Bohr ? »

« Non, non, Théodore, j'en étais tout de même arrivé à Schrödinger, mais je ne suis pas encore allé assez loin pour m'intéresser à cette équation de Klein-Gordon. »

Le docteur s'était encore interrompu durant quelques secondes, et Robert Hass se souvenait qu'il lui avait semblé qu'une certaine tension s'était installée dans la conversation, sans que cela puisse être explicable.

Puis le docteur avait enfin relevé la tête, et c'était vraiment là que tout avait commencé, en fait. Car celui-ci avait alors dit, en le regardant bien droit dans les yeux avec gravité :

« Écoutez… je ne suis pas censé vous dire cela, Robert, en principe, mais nous avons mis au point, au *Centre*, un accélérateur de particules d'un genre très particulier. Il s'agit d'un « accélérateur statique ». On ne s'amuse pas à faire se percuter des particules, avec ce nouveau joujou. En fait, on peut sélectivement agir sur les particules subatomiques sans rien arracher ni casser. …Je vais passer sur les détails parce que ce serait fastidieux, et puis parce que je n'y suis vraiment pas du tout autorisé. Mais je vous dirai l'essentiel. Notre accélérateur statique – que j'ai baptisé "l'accélérateur froid" – permet d'agir sur la masse et non sur l'énergie, tout en utilisant cette dernière cependant en raison de l'équivalence masse-énergie.

Vous comprenez ce que je veux vous dire ? »

Il avait regardé le docteur sans rien répondre, interdit. Durant cet instant qui lui avait paru beaucoup plus long qu'il n'avait dû l'être en réalité, il avait échafaudé quelques-unes des implications, parmi les plus incroyables, de ce que venait de lui dire cet homme. Le docteur ne l'avait pas quitté du regard, et il était évident que ce dernier était tout à fait sérieux.

C'est le docteur qui avait poursuivi, avant même qu'il parvînt à répondre quoi que ce soit :

« Nous avons cherché des solutions pour créer des "micro trous noirs", au début. Et puis je suis tombé sur autre chose en cours de route, quelque chose que personne d'autre que moi ne semble avoir remarqué. Comme je suis directeur de recherche, je n'ai pas fait mention de toutes les implications de ce que j'ai découvert aux instances gouvernementales qui nous financent. Je me suis bien gardé de parler des implications relativistes, particulièrement. Tout ce qu'ils en savent, c'est que nous travaillons sur l'altération de la masse, et puis c'est tout. Depuis, nous utilisons notre accélérateur statique pour faire des tests avec des échantillons de matières ; et ils sont d'ailleurs très contents avec ça. Moi, je peux poursuivre d'autres expériences dans le même temps, à l'insu de tout le monde, chaque fois que nous faisons fonctionner cet *accélérateur*. Il n'y a pas un seul ingénieur assez futé au *Centre* pour découvrir ça tout seul sans que je le mette sur la voie, vous comprenez ? C'est là, sous leurs yeux, tous les jours, et ils sont infoutus de le voir…

Quelle misère ! »

Il avait alors répondu, sa curiosité étant évidemment arrivée à son paroxysme :

« Je ne voudrais pas paraître plus curieux que la courtoisie l'exige, Théodore… mais vous comprendrez que ce que vous venez de dire… »

« …Je comprends très bien, l'avait interrompu le scientifique, et c'est moi qui ai décidé de vous en parler – à vous seul, je vous préviens. Je n'en ai encore jamais parlé à personne, Robert. Je vous ai choisi pour être le seul à savoir, à part moi. Mais, je ne prends pas grand risque, en fait. Vous n'appartenez pas à la communauté scientifique. Si l'idée vous prenait d'aller raconter à qui que ce soit ce que je vais vous dire, personne ne vous croirait jamais, ni même ne prêterait attention à vos dires.

Robert Haas avait alors répondu :

« Mais alors… Si je comprends bien tout ce que vous me dites, cela voudrait dire que vous avez trouvé le moyen faire voyager dans le temps quelque chose de plus gros qu'une sous-particule ? Arrêtez-moi si je dis une bêtise. »

« Je ne vous arrête nullement, Robert ». avait répondu Théodore Arenson en affichant un sourire espiègle.

Il y avait eu un nouveau silence durant lequel le docteur ne l'avait pas quitté des yeux. L'homme avait poursuivi en utilisant des mots choisis, précis et tranchants, pour lui expliquer le résultat de ses expériences personnelles et leurs implications. Et depuis ce soir-là, ils n'avaient presque plus jamais parlé d'autre chose, sans plus aucune retenue.

Il savait que le voyage dans le temps était une réalité. On avait démontré cela à l'aide d'accélérateurs de particules depuis longtemps déjà. On avait fait se déplacer à des vitesses proches de celle de la lumière des particules dont les durées de vie extrêmement courtes étaient connues avec précision ; et là on avait remarqué que cette durée de vie s'allongeait considérablement. On savait donc que des échelles de temps différentes coexistaient sans problème dans un même univers.

Tout est relatif, avait bien dit Albert Einstein.

Cela fascinait Robert Haas au point de parfois l'empêcher de dormir la nuit, de savoir que vu depuis un photon, cette particule de lumière – voyageant donc à la vitesse de la lumière – un voyage d'une durée de plusieurs milliards d'années selon notre échelle de temps était instantané… Du point de vue du photon, si celui-ci pouvait être doué de pensée, on ne voyageait pas, en fait, puisque la notion de voyage est définie par la durée : on apparaissait en un endroit, pour se retrouver instantanément en un autre, quelle que soit la distance à laquelle pouvait se trouver ce dernier. Il suffisait d'aller un tout petit peu moins vite que la vitesse de la lumière pour que la notion de « durée » fasse son apparition.

Il regarda l'heure dans l'angle de l'écran de télévision, et se dit qu'il fallait qu'il se dépêche un peu, justement. Faute de quoi il arriverait en retard à la

Compagnie du téléphone qui, elle, transmettait la parole à travers le monde à la vitesse de la lumière, depuis l'invention de la fibre optique, et avant cela à un très honorable 66 % de cette vitesse, grâce au câble électrique.

— Salut, Robert ; alors *ça roule*, ce matin ? dit le gros homme assez charpenté, tout en reposant son journal sur son bureau.

— Salut *Fred*. répondit-il à son chef.

Le quinquagénaire avait travaillé durant plusieurs années dans la police, puis on l'avait mis là lorsqu'il avait connu des problèmes de dos à la suite d'un accident de la circulation. Cela lui permettait de toucher une pension d'invalidité, plus un salaire de chef de la sécurité à la Compagnie du Téléphone. C'était ça ou la police municipale, et l'homme avait choisi la première de ces deux propositions, parce que cela lui permettait de rester assis dans un bureau à lire le journal pratiquement toute la journée, en étant payé pour.

— Alors, tu nous as pas inventé la machine à perforer les macaronis, en passant la nuit ? plaisanta le gros homme.

Il entendit quelqu'un d'autre éclater de rire depuis le vestiaire. Le rire était celui de *Tom*, un ex-convoyeur de fonds qui avait quant à lui été envoyé ici parce que son ancien métier le stressait trop. *Tom* était un peu privilégié parce qu'il était membre du même syndicat ouvrier que *Fred*, et il avait été ainsi décidé que ce dernier devait être affecté à un poste assis, à regarder les écrans des caméras vidéo du bâtiment. Pour autant, il ne jalousait pas cet homme qui n'y était pour rien dans le fait que c'était donc à lui de faire ses huit heures debout dans le hall d'accueil, vêtu d'une épouvantable chemise blanche en polyester, et d'un pantalon de costume en *Tergal* qui le grattait horriblement à la taille. Là, il devait adresser des signes de tête aimables à tous les gens qui entraient dans l'immeuble.

Certains employés l'ignoraient carrément du regard, avec un mépris des plus ostensibles ; d'autres lui adressaient une grimace de sourire ; quelques-uns lui rendaient son signe de tête avec une expression de compassion dans le regard. Les conversations entre employés qu'il écoutait parfois, à défaut de ne pouvoir faire quoi que ce soit d'autre, lui avaient appris que la plupart des gens qui travaillaient dans cet immeuble ne devaient certainement pas leur place à leur intelligence. Même si d'aucuns ici s'étaient intéressés à lui, cela aurait très vite débouché sur des conversations ennuyeuses à mourir, à n'en pas douter. Il était donc encore préférable que personne en cet endroit ne souhaite lier connaissance avec lui.

— Non, j'ai fait un cauchemar. hasarda-t-il tout de même en souriant, parce qu'il fallait bien trouver quelque chose à répondre pour ne pas avoir l'air de faire la gueule, et aussi parce qu'il n'avait rien trouvé d'autre à répondre.

— Ah, t'étais encore sur la lune, mais cette fois-ci tu y es resté coincé, je parie ? répondit le chef, en arborant un sourire goguenard.

La réponse le fit se figer durant un instant, puis il regarda l'homme en fronçant les sourcils, surpris, et dit après un bref instant d'hésitation :

— Vous avez presque tapé dans le mille.

Le chef éclata de rire cette fois-ci, et le rire de *Tom* qui était toujours dans le vestiaire fut plus bruyant encore.

— Ah là là, tu vas bien finir par nous chier une pendule électronique, un de ces quatre ! lança *Tom*, avant d'ajouter : Et bien on peut dire que des comme toi, on n'en a encore jamais eu, ici…

— Ouais, *ben* c'est toujours mieux que l'autre *alcoolo* qu'on avait avant, répliqua *Fred*. Celui-là, il arrivait à l'heure une fois sur deux, et pas toujours *d'équerre*. T'aurais vu sa gueule, Robert… Il picolait tellement que ça puait l'alcool par les pores de sa peau… Non, mais… véridique ! J'te raconte pas des conneries.

Puis le chef se déhancha pour parler en direction de la porte du vestiaire, et hurla :

— C'est pas vrai, *Tom* ?

La voix répondit :

— Ah *ouais*. J'sais pas où c'est qu'y nous l'avaient trouvée, cette *boule de pue* là. Mais y en a dans l'immeuble qui ont fini par faire des histoires, heureusement. Même dans le convoyage de fonds, j'en ai jamais vu des comme ça. Et pourtant y en a qui picolent *un max*, là bas.

Le chef éclata de rire et dit :

— Et dans la police, alors ? Tu crois qu'on y *suce*

de la glace, là-bas aussi ? Nous, on avait même un bar, au sous-sol du poste. Ah là là… Vous auriez vu ça, les gars… On en avait quelques-uns qui puaient l'alcool aussi, là-bas.

Puis le chef retrouva une mine à peu près sérieuse, et dit :

— Tiens, Robert ; signe le registre et va te changer. Faudrait pas qu'on se fasse *allumer* par *une huile*. Y en a qui arrivent tôt, le matin ; et c'est justement ceux-là qui mettent leur nez partout, puisqu'ils ont que ça à foutre…

Lors de ses journées de travail, il se lançait dans des réflexions si intenses qu'elles lui permettaient de voir passer le temps finalement assez vite. Il avait appris à adresser des hochements de têtes et des regards empreints de considération, sans même avoir à le faire tout à fait consciemment. Il les adressait à tout le monde, aux employés comme aux visiteurs, jusqu'aux femmes de ménage qui commençaient à arriver le soir au moment de la fermeture. En somme, il ne menait ici qu'une existence physique, juste pour y assurer une présence d'ailleurs tout à fait inutile : son existence intellectuelle était ailleurs, « dans la lune », ainsi que son chef et ses collègues le disaient.

Plus que deux journées à attendre avant de revoir Théodore ; ce ne sera pas très long, se consola-t-il.

Son intellect se concentrait sur deux sujets bien différents l'un de l'autre, en ce moment. Il y avait bien sûr le prochain voyage temporel et les enseignements qu'il avait tirés du précédent, et puis il y avait sa lecture de la version non abrégée du monumental, *A Study of History*, par le fameux historien Arnold Toynbee. Il avait attendu très longtemps avant de pouvoir s'offrir tous les volumes de cette édition devenue aujourd'hui rare et chère, jusqu'à ce qu'un éditeur décide d'en numériser les douze volumes et les vende en *e-Book Kindle* sur *Amazon.* Aucun éditeur n'avait voulu prendre le risque d'investir dans une réédition en papier du plus gros – et sans doute du plus intéressant – de tous les livres d'histoire avant cela. C'est pourquoi la version non abrégée de ce livre était demeurée introuvable durant plus d'un demi-siècle.

Mais l'émotion causée par son escapade dans une échelle de temps parallèle prenait toujours le dessus dans son esprit, et le gênait un peu dans ses réflexions à propos des cycles des civilisations.

CHAPITRE III

LE POISSON VOLANT

La sonnerie retentit. Il jeta un coup d'œil à sa montre ; celle-ci disait *19:35*. Il se dirigea vers la porte et l'ouvrit.

Théodore Arenson était derrière, avec un carton à gâteau posé sur une main. Le vieil homme lui adressa un large sourire suivi d'un joyeux :

— Bonsoir, Robert.

— Ah, bonsoir Théodore. Entrez, je viens juste de finir de préparer le repas.

Il s'effaça devant le docteur qui entra, et ce dernier dit :

— Pourriez-vous prendre ce gâteau en charge ? C'est un moka que j'ai trouvé dans une excellente pâtisserie.

Les pâtisseries étaient le péché mignon du docteur ; le moka en particulier.

— Alors, que nous avez-vous préparé de bon ? reprit Théodore Arenson.

— Il y aura une tarte aux poireaux en entrée, et un pavé de bœuf avec un gratin de pommes de terre pour le plat de résistance. J'avais prévu des œufs au lait pour le dessert, mais…

— …Et bien j'y goûterai tout de même, le coupa Théodore Arenson. Rien ne nous empêche d'associer le moka aux œufs au lait. Il est au café, celui-ci, au fait.

La discussion devint plus sérieuse dès qu'ils se trouvèrent tous deux devant une part de tarte aux poireaux. C'était Théodore Arenson qui avait cédé à cette envie le premier.

— J'ai pas mal de choses à vous dire, Robert. Il y a de mauvaises nouvelles ; mais j'ai aussi une petite idée qui ne manquera pas de vous surprendre, je pense.

— Alors je suggère que nous nous débarrassions tout de suite de la mauvaise nouvelle avant de poursuivre. Ce serait dommage de gâcher le plaisir que nous aurons à manger votre excellent moka.

— Comme vous voudrez, Robert. Voilà… J'ai bien retourné la question dans tous les sens : j'ai peur que nous ne puissions entreprendre une expérience sur la vitesse de la lumière entre deux dimensions temporelles, en l'état actuel des choses. Les processeurs informatiques cadencés par des horloges ne résistent pas aux effets de l'accélération électronique, mais aussi tout ce qui implique une résistance électrique… Ça grille à chaque fois. Pratiquement, il faudrait que nous puissions parvenir à construire et à expérimenter du matériel dans l'autre dimension temporelle. En fait, il faudrait déplacer *dans le temps* un véritable petit laboratoire, avec du matériel de bricolage aussi, et à la condition qu'il ne soit pas électrique... Alors avec ça… Je réfléchirai encore à cette question, car je n'ai pas perdu espoir, mais ce ne sera pas pour votre prochain voyage, de toute façon. Nous devons tout d'abord en apprendre plus sur les limites et les possibilités de la vie dans l'autre échelle de temps. Chaque voyage représente tout de même un risque sérieux pour vous et je ne veux pas gaspiller chacun de ceux-ci, et les risques pour vous qui y sont associés, avec des expériences menées à tâtons sans connaissances exactes préalables. Si quelque chose devait changer avec la vitesse de la lumière, j'augure que cela mènerait vers de nouvelles découvertes tout à fait surprenantes.

— Je crois que j'imagine assez bien ce que vous avez en tête. répondit Robert Haas tout en se concentrant sur son assiette. ...Et vous parieriez sur quoi ?

— À propos de quoi ? répondit le docteur, interloqué.

— Et bien... à propos de la vitesse de la lumière, bien sûr. Quoi d'autre ? Vous parieriez sur identique, plus lente, ou plus rapide ?

— Ah oui... Oh, je me garderai bien de parier. Je n'aime pas ça. Je n'aime pas être déçu.

— Mais, normalement, la vitesse devrait être parfaitement identique, non ? ...même si elle provient d'une source se situant dans une autre échelle de temps...

— Oui, oui. Bien sûr, bien sûr, Robert ; mais je serais quand même curieux de l'analyser au spectromètre, juste pour voir s'il n'y aurait pas un petit décalage.

— Ah... oui. Je comprends. Et je suppose que vous

parir… oh, excusez-moi. Bon… Et l'autre nouvelle ? Celle dont vous dites qu'elle va me surprendre.

Théodore Arenson ne daigna pas pour autant lui faire part de son intuition à propos de cette histoire d'analyse de lumière, et choisit d'accepter son offre de changement de sujet.

— Ah, alors ça oui, elle va vous surprendre… C'est pourquoi je voudrais faire un petit rappel avec vous au préalable, pour que vous ne croyiez pas à une blague ou me preniez pour un toqué. Ou plutôt, non… Je vais tenter de vous amener au même raisonnement que le mien ; vous allez voir…

Il avait relevé les yeux vers le docteur et le regardait avec curiosité. Ce dernier poursuivit.

— Redites-moi ce que vous m'aviez expliqué, à propos des difficultés à se déplacer dans l'autre échelle de temps.

— Et bien, la plus grande difficulté, c'est finalement de lutter contre la résistance de l'air. En fait, le problème de la chaleur ne survient réellement que lorsque je fais de longs mouvements brusques avec les bras. Mais c'est d'une importance insignifiante ; je ne parviendrai jamais à me déplacer assez vite et assez longtemps pour être confronté au problème de la chaleur engendrée par la friction des molécules d'air et…

— …Bien. Et donc vous pourriez vous permettre d'aller plus vite, si vous aviez assez de force.

— Oui, sans aucun doute. Ça me tire la peau vers l'arrière lorsque j'avance, mais c'est totalement indolore, comme dans l'eau ou dans l'air à grande vitesse. Ah, et puis il y a le problème de la poussière qui entre dans mes yeux et dans ma gorge, parfois. Il m'est arrivé de me demander si je n'avais pas pris un grain de sable dans l'œil, tellement le choc frontal est violent…

— J'ai résolu cela très simplement, dit Théodore Arenson. J'ai étudié un modèle de masque au *design* un peu aérodynamique, qui permettra à la fois de surmonter le problème de la poussière dans les yeux, et celui du contrôle du débit d'air dans votre bouche. …et puis je demanderai que les verres soient anti-UV, tant qu'à faire… Mais ce n'est pas l'essentiel.

— Oh, et comment est ce masque ?

— Vous le verrez quand il sera fini. J'ai triché un peu avec les finances du *Centre*, et j'ai demandé que l'on en fasse fabriquer deux exemplaires, en prétextant une histoire de produits chimiques un peu tirée par les cheveux. Personne au *Centre* ne s'aventurerait à remettre mes idées et mes demandes en question, même les plus absurdes. Nous ne sommes que des fonctionnaires, et il n'y a que des béni-oui-oui dans la fonction publique, vous le savez bien – tous morts de trouille de perdre quelque chose. A-t-on jamais vu un employé de la fonction publique dire non à son supérieur ?

Le docteur lâcha un petit rire narquois.

Mais revenons à la suite, voulez-vous. se reprit l'homme. …à quoi m'aviez-vous dit que vous faisait songer l'air ambiant, déjà ?

— Et bien, à de l'eau…

— Ah… à de l'eau. À de l'eau tiède, m'aviez-vous

dit, exactement ?

— C'est bien cela, oui. Sauf que celle-ci ne mouille pas, et qu'elle me rafraîchit quand je me déplace lentement.

— Bien, bien… enchaîna le docteur sur un ton assuré et en affichant une expression satisfaite. Alors maintenant, je vais vous poser une question. Qu'est-ce qu'il y a de mieux pour se déplacer au fond de l'eau, Robert ?

Il crut comprendre où le docteur voulait en venir, mais c'était absurde au point d'en être cocasse. Il se força à demeurer rationnel, tout en se limitant à répondre précisément à la question de son ami.

— Et bien… dans le fond d'une piscine, avec de la « vraie eau », le plus efficace est encore de nager.

— De nager, c'est cela, en effet. répondit le docteur avec une voix qui était soudainement devenue fluette.

— Quoi… ? Vous voulez dire qu'il faudrait que j'essaie de nager quand je retournerai dans *l'autre dimension* ? De nager… dans l'air ?

Théodore Arenson s'arrêta de manger, releva les yeux vers lui tout en essuyant ses lèvres avec sa serviette, et s'empara de son verre de vin pour en boire une gorgée. L'homme s'était ostensiblement abstenu de répondre à sa question ; il était en train de lui signifier que c'était à lui de trouver la réponse et de l'admettre.

Mais Robert Haas rétorqua :

— Théodore, cela m'a traversé l'esprit à un moment, pour tout vous dire, lorsque j'étais là bas.

Mais... ça ne marcherait jamais. Ou... si jamais j'y arrivais, alors le rendement serait très pauvre. Je me débattrais comme un forcené et m'épuiserais encore plus rapidement pour avancer à une vitesse à peu près identique. Non... désolé, je peux vous garantir que ça ne marcherait pas.

— Vous n'avez pas encore assez réfléchi à cette question, manifestement, Robert ; ou plutôt, vous n'avez pas cherché à l'approfondir.

— Je suis désolé, Théodore, mais là... je ne vois pas où vous voulez en venir.

— Oh, mon Dieu, Robert. Nous sommes bien d'accord que l'air qui est autour de nous est dans un état gazeux, et que – je vous l'accorde tout à fait – l'eau est à l'état liquide, à notre température ambiante. Seulement voilà... vous m'avez vous-même expliqué que l'air se comportait comme un liquide, lorsque vous baigniez dans celui-ci, accéléré à une échelle de temps différente. Vous n'allez pas me dire que vous n'avez jamais vu ces gens, à la télévision, qui sautent en parachute à haute altitude, équipés d'une petite planche de *surf*. Ah... ils se sont donné un nom particulier. Comment les appelle-t-on, déjà ? Vous devez certainement le savoir. Des *sky*-quelque chose...

Robert Haas était toujours interloqué. Il voyait très bien ce à quoi Théodore Arenson était en train de faire allusion, mais il ne comprenait pas où le scientifique voulait en venir. Partir dans l'autre dimension temporelle avec une planche de *surf* ne pouvait déboucher sur quoi que ce soit d'intéressant.

— …On les appelle des *skydivers*, Théodore. Et… si je ne m'abuse, on peut dire que ce mot signifie quelque chose comme « plongeur du ciel ». Mais…

— …Oh, ne me dites pas que les hommes de Cro-Magnon qui vous servent de collègues à la Compagnie du téléphone ont finalement réussi à polluer vos neurones !

Le docteur Arenson semblait être indigné ; il semblait même qu'il n'était pas loin de s'emporter. Il ne plaisantait pas.

— Enfin, bon sang, Robert ! Et qu'est-ce qu'ils font ces *skydivers* ? Comment et pourquoi arrivent-ils à surfer sur l'air ? Ce doit être une affaire de vitesse, non ? À quelle vitesse chutent-ils, lorsqu'ils surfent sur l'air ? Vous en savez pourtant quelque chose… C'est vous qui y êtes allé, dans cette dimension. C'est vous qui m'avez dit que vous estimiez être capable d'atteindre un peu plus d'un kilomètre par heure en marchant, ce qui, multiplié par 500 – votre échelle de temps à ce moment-là – fait que vous vous déplacez à environ 500 kilomètres par heure selon l'échelle de temps de votre environnement… Bien… Et à quelle vitesse ont besoin de chuter ces *skydivers* pour parvenir à surfer sur l'air, encore une fois ? Ne me dites pas que vous n'en avez aucune idée, tout de même !

Il ne comprenait toujours pas où Théodore Arenson voulait en venir avec cette histoire de *skydivers*. Pour surfer ainsi sur l'air, ils avaient besoin d'être propulsés par la force gravitationnelle de la Terre… Or, lui, pour avancer vers l'avant, et non tomber, dans l'autre dimension temporelle, ne pouvait bénéficier de cette force. Il regardait fixement le vieux chercheur, sans comprendre où celui-ci voulait le forcer à aller dans son raisonnement. Et en voyant la mine sincèrement déçue de Théodore Arenson, ce fut comme si ses moyens intellectuels étaient maintenant coupés.

Le docteur laissa carrément retomber sa fourchette et son couteau sur les bords de son assiette, tout en lâchant un soupir résigné, puis il croisa les bras sur le bord de la table pour prendre appui sur ceux-ci. Penché en avant vers lui, ses yeux rivés dans les siens, le docteur demanda encore :

— Imaginez un instant que vous puissiez battre des jambes dans l'air libre, comme si vous nagiez. À quelle vitesse se déplaceraient vos pieds dans l'air, grosso modo ?

Il répondit :

— Et bien… C'est difficile à dire. Mais, disons… certainement plus d'un mètre par seconde. …Sans aucun doute. C'est la vitesse d'un coup de pied. Presque celle d'un coup de pied dans un ballon. Peut-être même la même vitesse que pour donner un coup de pied dans un ballon… mais au fond d'une piscine !

— …Alors dans ce cas, cela nous ferait du 500 mètres par seconde, dans notre échelle temporelle, d'accord ? Or il se trouve que les *skydivers* arrivent à surfer sur de l'air à une vitesse de l'ordre de 180 à 200 kilomètres par heure, lorsqu'ils chutent – je me suis renseigné, et j'ai pu apprendre qu'un parachutiste en chute libre avait pu atteindre la vitesse, encore jamais égalée ou dépassée, de 513 kilomètres par heure. Ce qui nous fait du… voyons voir… teu-teu-teu… disons…

— …Un peu plus de 140 mètres par seconde, Théodore.

— Hein ? Oui… Ah oui… Ce doit être à peu près cela, en effet. Bon, alors tout cela signifie que vos jambes n'ont même pas besoin de battre si fort que cela pour atteindre une vitesse considérable, à une échelle de temps cinq cents fois plus rapide... Maintenant, je suis d'accord pour admettre que le rendement de vos battements de jambes dans l'air, même à de telles vitesses, pourrait bien être très pauvre, parlant de propulsion, en effet. Mais… Robert… Depuis que nous avons démarré cette conversation, l'idée de porter des palmes ne vous a jamais traversé l'esprit une seule seconde ?

— Des… palmes ? Mais… C'est…

— …Eh bien non, Robert. Non, non, et non… Ce n'est pas si loufoque que ça. Réfléchissez encore, pendant que je mange, maintenant – votre tarte aux poireaux est une réussite, et elle est en train de refroidir.

Il y eut un long silence ponctué de bruits de couteau et fourchette cliquetant doucement contre une assiette – une seule assiette.

Après bien plus d'une quinzaine de secondes, il dit enfin :

— Mais… admettons, en effet. Il faudrait alors qu'elles soient accélérées, elle aussi, ces…

— ...Bien évidemment ! le coupa Théodore Arenson. Elles se tordraient exagérément dans tous les sens et ne serviraient à rien, sinon. Et puis vous les perdriez au bout de deux ou trois battements de jambes, de toute façon, sous l'effet de telles contraintes. Mais bon, vous admettez maintenant que ce n'est pas farfelu du tout ?

C'était une question, mais le ton était bien celui de l'affirmation, de l'indiscutable.

Il regarda un point du plafond, vers sa gauche, là où il n'y avait rien de particulier à regarder sinon la blancheur de la peinture légèrement jaunie par des années de fumée de cigarette, et il dit :

— J'étais simplement en train de m'imaginer à l'horizontale, parcourant les rues de la ville avec un masque bizarre sur le visage, et battant des pieds avec une paire de palmes.

— Oui. commenta le docteur. Moi aussi... j'espère que personne ni aucune caméra vidéo ne parviendra à vous voir ainsi. Sinon... là... ce serait la fin des haricots, si je puis dire.

Il demanda alors, tout en s'efforçant de garder tout son flegme :

— Et je suppose que vous avez également songé à une tenue moulante de couleur bleu et rouge, avec un gros « S » dessiné sur la poitrine, disons... pour des questions d'amélioration de l'aérodynamisme. On laissera tomber la cape rouge, bien sur ; qui, elle, n'apporte vraiment rien de pratique... puisque personne ne me verra.

Le docteur s'immobilisa avec sa fourchette et son couteau dans les mains, en l'air, se renversa en arrière sur sa chaise, et éclata de rire tel un enfant. Puis l'homme parvint à articuler, entre deux hoquets :

— Ah… Non, je n'y avais pas pensé…à ça. C'est vrai que vous auriez l'air vachement chouette, comme ça… Surtout avec les palmes. Il faudra que nous en trouvions des rouges, dans ce cas… Pas facile. Elles sont toujours bleues, ou noir. Oh, oui, oui… Je vous vois vraiment bien, battant des jambes comme un forcené… avec un poing vigoureusement tendu en avant. Franchement, Robert… Sans rire… Si je pouvais avoir une photo de vous comme celle-là, j'en demanderais un poster, je vous le ferais dédicacer et je l'accrocherais juste devant mon lit… pour que ce soit la première chose que je voie chaque matin en me réveillant, jusqu'à mon dernier soupir…

Puis le docteur repartit d'un long éclat de rire, tandis que des larmes commençaient à couler sur ses joues.

— Et bien, cela ne coûtera rien d'essayer de me déplacer à l'horizontale avec des palmes, de toute façon. dit-il finalement.

Puis il ajouta, tout en contemplant son assiette d'un air songeur, et tandis que Théodore Arenson était en train d'essuyer ses larmes avec sa serviette :

— …Mais je ne pense pas qu'utiliser des palmes, si jamais ça marche, me fera gagner beaucoup de vitesse.

— Non, bien sûr… répondit le docteur. À mon avis, voyez-vous, le record de ce *skydiver*, d'un peu plus de 500 kilomètres par heure, est le maximum qu'un homme peut atteindre. ...L'accélération constante due à la pesanteur devrait le faire aller plus vite, normalement ; mais c'est la seule résistance de l'air qui l'empêche de dépasser cette limite. Non... l'intérêt de nager – ou plus exactement de voler dans les airs, puisque c'est tout de même bien de cela dont il s'agit, après tout – c'est d'économiser vos efforts, votre énergie. Vous m'avez dit que vous étiez épuisé au bout d'un kilomètre de marche. C'est parce qu'il est absurde de vouloir se déplacer en marchant de face contre une véritable tempête de plus de 200 kilomètres par heure ! Si vous vous déplacez bien à l'horizontale, sans toucher le sol, alors votre corps pourra tirer profit de son inertie, parce que votre aérodynamisme s'en trouvera considérablement amélioré. C'est évident, voyons... Vous pourrez arrêter de battre des pieds de temps à autre, et continuer d'avancer par le seul fait de l'inertie, en redescendant vers le sol pour que la pesanteur fasse le reste du travail. Et puis vous ferez l'économie de tous les autres mouvements et contraintes de votre corps, que la marche debout vous impose. À une telle vitesse... vous pourrez très facilement corriger votre trajectoire, verticale comme horizontale, simplement en orientant vos mains que vous tiendrez tendues devant vous, exactement comme vous le feriez sous l'eau. Et d'ailleurs – exactement comme si vous vous trouviez en train de faire de la plongée sous-marine –, vous pourrez choisir de vous déplacer aussi haut que vous le voudrez en altitude !

N'est-ce pas intéressant, ça – très excitant, même ?

Il écoutait le docteur parler, tout en réfléchissant et en voyant une image de lui-même progresser dans une rue à plusieurs mètres au-dessus du sol. Il ne voyait plus le docteur, ni son assiette, ni même la pièce.

Puis cette pensée évolua, et il se vit cette fois beaucoup plus haut au-dessus du sol, en train de s'amuser à attraper des oiseaux presque figés en plein vol. C'était complètement fou, mais le vieux scientifique venait de lui démontrer qu'il avait raison. C'était tout à fait possible. L'intérêt du voyage dans une autre dimension temporelle venait de prendre un autre aspect, tout à fait inattendu selon son entendement, mais en tout cas très excitant.

— Ma quarantaine sera terminée dans six jours. dit-il en regardant à nouveau Théodore Arenson. Pour quand prévoyez-vous la prochaine expérience, après cela ?

Théodore Arenson rit encore, mais il était clair que c'était pour une autre raison. Ce dernier répondit, en le regardant avec un air rusé :

— Ah… là vous venez vraiment de comprendre, n'est-ce pas ? J'ai vu dans vos yeux à quoi vous êtes en train de penser… Eh oui, Robert, vous pourrez vous élever en altitude, assez haut même, si vous le voulez, et continuer d'avancer, peut-être plus vite encore en vous laissant planer vers le sol et sans avoir besoin de faire le moindre mouvement… Seule votre vitesse devrait rapidement vous paraître frustrante. Parce qu'une fois que vous serez assez haut, vous pourriez bien avoir l'impression de ne plus avancer du tout, tant le paysage défilera lentement sous vos yeux. À votre échelle de temps, vous n'atteindrez jamais deux kilomètres par heure ; un et demi dans l'hypothèse la plus optimiste, ce qui ferait – à l'échelle de temps du monde dans lequel vous évoluerez – un bon 750 kilomètres par heure tout de même... Mais… franchement, je ne crois pas que vous atteindrez cette vitesse.

— Oui… Oui, bien sûr. répondit-il, à nouveau songeur.

— Mais, je n'ai pas répondu à votre question. se reprit le docteur. Les deux masques que j'ai commandés seront prêts avant la fin de votre quarantaine, Robert. Ne vous inquiétez pas. Pour les palmes, ce sera à vous d'aller les choisir. Je vous recommande d'en acheter deux paires différentes, courtes et longues, pour voir ce qui convient le mieux. Ça ne prend pas beaucoup de place, de toute façon. Vous pourrez les emporter toutes les deux avec vous dans la bulle de l'accélérateur.

Le docteur s'interrompit, mais sans le quitter de ses yeux dans lesquels brillait une lueur qu'il trouva étrange. Il n'avait encore jamais vu Théodore Arenson le regarder ainsi. Puis ce dernier reprit, avant même qu'il n'ait le temps de lui demander pourquoi il le regardait fixement, comme ça, avec cet air de mystère :

— J'arrive maintenant au plus important, Robert. Mais… qu'en est-il pour notre pavé de bœuf et notre gratin de pommes de terre ?

— Oh, oui… Vous avez raison. Je vais vous demander de m'accorder quelques petites minutes. Le gratin est prêt et au chaud dans le four, mais il faut que je fasse cuire les pavés. Ils n'auraient pas été bons, réchauffés.

— Allez-y, allez-y, Robert. Rien ne nous presse. Je vous attends.

Robert Haas essuya ses lèvres, avala une petite gorgée de vin, puis sortit de table pour se diriger vers la cuisine, presque machinalement tant cette vision de lui-même volant dans les airs l'obsédait encore. Il n'en avait pas encore accepté la réalité.

Lorsqu'ils se trouvèrent à nouveau assis l'un en face de l'autre, devant leurs pavés de bœuf et leurs parts encore fumantes de gratin de pommes de terre, le docteur sembla prendre sa respiration, et dit :

— Hm… Robert… comment réagiriez-vous à l'idée d'un voyage devant durer plus d'une journée ?

Il regarda le docteur d'un air ahuri, puis il s'appuya en arrière contre le dossier de sa chaise, et répondit :

— Plus d'une journée… c'est-à-dire ?

— Et bien, disons… deux ou trois jours ; trois fois 24 heures à l'échelle de temps accelérée, je veux dire.

— Deux ou trois jours !?

Il s'interrompit et laissa retomber son regard vers la droite, là où il n'y avait guère qu'un angle de la table recouverte d'une nappe de tissu blanc immaculé et agrémenté de broderie – cette nappe était ancienne et lui venait de sa famille, et il ne l'utilisait qu'avec parcimonie, pour de grandes occasions et invités de marque tels que le docteur Arenson. Un silence s'installa dans la pièce. Il était clair que son ami allait lui laisser tout le temps nécessaire pour formuler sa réponse.

Il répondit finalement, d'une voix presque mécanique et sans quitter du regard une feuille d'acanthe brodée :

— Mon… travail. C'est mon travail qui finira par poser un problème, tôt ou tard.

— Il n'y a vraiment que ça qui vous arrête, Robert ? demanda le docteur Arenson d'une voix qui était soudainement devenue très basse. …Vous n'avez pas peur ?

— Peur… ? Peur de… oh… oui. Enfin, je veux dire, non. Trois jours, pour moi, ça fera combien de temps pour vous, à m'attendre près de l'accélérateur ?

— Un peu plus de huit minutes, Robert… Juste un peu plus de huit minutes.

— Oui… oui. Ce n'est vraiment pas long, en effet. Mais… il faudrait que je demande un congé exceptionnel, si ça doit arriver en semaine. Le *Centre* ne va pas faire fonctionner l'accélérateur durant les week-ends, j'imagine ?

— Vous n'aurez pas à en demander un, Robert, si vous acceptez l'offre que je vais vous faire.

Cette fois, il dut relever son regard pour observer le docteur avec intensité. Théodore Arenson affichait une mine sérieuse ; grave, même. Puis ce dernier baissa les yeux vers son assiette, et trancha un morceau de viande. En réalité, il était clair que l'homme était en train de bien peser les mots qu'il allait prononcer ; il dit enfin, mais toujours sans relever le regard de son morceau de viande :

— Vous savez, Robert. Je ne vous en ai jamais parlé parce que cela n'avait aucun intérêt, mais… enfin… mon salaire de directeur de recherche n'est pas très élevé, au regard de celui de mes confrères qui travaillent à l'étranger pour des instituts de recherche privés. Mais je ne me plains pas, par rapport à la moyenne des salaires des cadres fonctionnaires de ce pays. Ce n'est pas assez pour me permettre des folies, mais mes seules folies sont celles auxquelles je me livre au *Centre de Recherches*. Je n'en vois pas de plus excitantes ; et vous, vous savez pourquoi… Vous êtes le seul à pouvoir le comprendre, même.

Bref… Toujours est-il que cela m'a permis de faire quelques économies, durant toutes ces années ; lesquelles s'ajoutent à ce que j'ai hérité de mes parents et d'un oncle. J'étais fils unique, et… en fait… il se trouve que ces réserves financières me permettent – je n'y ai songé que tout dernièrement – de vous embaucher, et de vous salarier durant plusieurs années, même, si je le désire, et… enfin… vous me suivez ? Qu'en pensez-vous ? Que pensez-vous de l'idée de quitter votre employeur pour moi ?

Un nouveau silence s'installa dans la pièce. Théodore Arenson n'avait toujours pas relevé le regard de son assiette, il continua de manger, comme si de rien n'était.

Il n'eut pas besoin de réfléchir bien longtemps. Il était indiscutable que le docteur disait vrai, encore une fois : qu'il n'aurait aucun regret à quitter son actuel travail, et qu'il ne perdrait vraiment pas grand-chose en le quittant, ni ne prendrait un grand risque. On lui versait le salaire minimum, plus quelques petits extras qui correspondaient à de rares heures supplémentaires. Il entrevoyait maintenant l'idée de ne plus jamais revoir ni entendre *Fred* et *Tom* comme la source d'une immense libération. Le docteur l'interrompit dans ses pensées.

— Voici quelle est ma proposition, Robert.

Je vous propose de vous verser votre salaire actuel, sans vous déclarer comme salarié, parce que je ne le peux légalement pas – Robert Haas écoutait attentivement, sans quitter des yeux le docteur qui maintenant le regardait, lui aussi. Donc je vous verserai votre salaire net, plus ce que votre actuel employeur paye en charges et taxes calculées sur la base du montant de celui-ci…

— …Mais…

— …Je n'ai pas fini. Laissez-moi tout d'abord terminer. Comme garantie de ma bonne foi – je veux dire, comme preuve de mon engagement – je vous verse une année de salaire d'avance, que vous garderez, même si vous deviez ne plus vouloir vous impliquer dans ces expériences avant la fin de cette première année. Aussi… il se trouve que je possède encore la maison d'un oncle décédé il y a quelques années. Cette maison se trouve en plein centre de la capitale, et elle n'est pas mal du tout. …beaucoup mieux que votre petit appartement – si vous acceptez mon offre, vous aurez bientôt l'occasion de le constater par vous-même. Je vous offre, si vous acceptez, de jouir de ce logement jusqu'à la fin de vos jours, sans bourse déliée. Je conserverai également les frais de cette maison à ma charge : taxe locative, impôts locaux, électricité, téléphone, chauffage et eau ; tout…

Ainsi, il n'existera aucune trace officielle du fait que vous vivez là-bas, et donc personne ne pourra venir vous ennuyer ou vous demander des comptes, ni même vous poser la moindre question, et à moi non plus. Je n'ai jamais voulu aller y habiter par ce que c'est trop loin de mon travail – cela m'occasionnerait des trajets quotidiens épouvantables, avec les embouteillages. …et puis j'ai horreur des transports en commun. Enfin, toujours est-il que, selon ces conditions, votre salaire ainsi augmenté ne serait plus pour vous que de l'argent de poche. Vous n'auriez plus rien à payer, même pas le moindre impôt ou la moindre taxe : juste votre nourriture, vos vêtements et pour vos loisirs.

Prenez votre temps pour répondre. Je n'attends pas de réponse immédiatement – c'est bien normal. Je vous propose d'ailleurs que nous terminions cet excellent plat avant d'en parler, car… je crois avoir tout dit. Oui… je n'ai rien d'autre à ajouter, en fait…

— …Je peux vous donner ma réponse tout de suite, Théodore. l'interrompit-il. Je n'ai pas vu cette maison dont vous me parlez, mais… c'est oui.

La fourchette et le couteau du docteur Arenson s'immobilisèrent durant un instant en l'air, tandis que l'homme le regarda avec une intensité renouvelée, comme s'il était en train d'évaluer un individu qu'il rencontrait pour la première fois. Puis le docteur dit enfin, avec une voix dont le timbre trahissait sans conteste possible une certaine émotion :

— Je vous suis infiniment reconnaissant de cette marque de confiance, pour le moins aveugle, que vous venez de me témoigner. Croyez bien que cela me touche beaucoup. Quoiqu'il puisse arriver entre nous – nous ne sommes pas à l'abri d'un différend, après tout ; comme cela arrive dans toutes les amitiés et même dans les couples – je ne vous laisserai jamais tomber. Je vous en donne solennellement ma parole en cet instant. Je suis le dernier descendant de ma famille. Vous êtes mon ami le plus proche – mon unique véritable ami, même. Presque… pratiquement… de la famille. Vous pourriez être mon fils.

Théodore Arenson s'interrompit tout en baissant le regard vers un endroit de la table où il n'y avait rien, vers sa droite. On eut dit qu'il était en train de regretter ce qu'il venait de dire. Puis il parut se reprendre, et dit, sans relever les yeux :

— Bon… et puis les questions d'argent ne veulent plus dire grand-chose, au regard des risques que vous avez déjà accepté de prendre, et de l'ampleur exceptionnelle des découvertes que nous sommes en train de faire. Si l'envie me prenait de parler de ce que j'ai découvert, j'aurais immédiatement le Prix Nobel, sans parler des nombreuses conférences et des bouquins que je pourrais écrire sur le sujet. Et puis d'ailleurs, si nous décidions de le révéler, vos vieux jours seraient confortablement assurés par la seule vente du récit de votre expérience. Vous deviendriez multimillionnaire quasi instantanément, tout comme moi. …nous pourrons d'ailleurs choisir ensemble cette option à tout moment. En fait, vous n'avez déjà plus aucun souci à vous faire pour votre avenir, Robert. Le réalisez-vous ?

Théodore Arenson avait soudainement relevé les yeux vers lui en prononçant sa dernière phrase, mais lui les baissa pour répondre, avec une voix de somnambule :

— Oui… c'est vrai. Je n'avais encore jamais songé à tout cela, Théodore, mais… oui, en effet. Vous avez raison. J'ai déjà changé de vie sans même m'en rendre compte. Oh, Dieu merci… Je n'aurai plus jamais à revoir ces deux imbéciles… et puis tous les autres, à la Compagnie du Téléphone. Vous n'imaginez pas combien cela m'est… enfin, *m'était*… pénible. Voyez-vous Théodore, je crois que j'ai maintenant de bonnes raisons de vous être plus reconnaissant encore que vous m'avez dit l'être à mon égard.

Il releva finalement les yeux vers son vieil ami, pour poursuivre.

— Quelle vie m'attendait, sans vous, à part celle de gardien à la Compagnie du téléphone, ou à peu près la même chose ailleurs ?

Je vais vous faire une confidence… Il m'est parfois… Enfin, je me suis… Quelques fois… que j'en serais peut-être finalement arrivé à songer au suicide, si je ne vous avais pas connu. L'existence est véritablement épouvantable, lorsqu'on ne peut parler à personne d'autre qu'à des imbéciles, et que l'on n'a pas assez d'argent pour se changer les idées par d'autres moyens. J'en suis arrivé à développer peu à peu une véritable haine à l'égard des gens simples. C'est comme une forme de racisme ; viscérale. Le simple fait d'avoir à être obligé de les écouter, même seulement dans le cadre de mon travail, ne me donne pas des boutons, mais... c'est tout comme ; vous pouvez me croire. ...Est-ce que vous pouvez comprendre ça ?

— Je l'imagine bien, Robert. J'ai déjà moi-même le même problème avec la bande de morts-vivants qui me servent d'assistants... La plupart sont des premiers de classe de bonne famille, mais ils se cantonnent tous à faire ce qu'on leur demande. Surtout pas d'initiative... Oh là là, non ! C'est ça, le problème, avec les ingénieurs ; ils semblent tous vouloir se cantonner à des rôles d'exécutants. Jamais rien d'innovant ne sort de leur cervelle, et je suis certain qu'ils n'en ont même pas l'envie. Ne surtout pas faire de vague ; ne surtout pas chercher à se distinguer... Rester humble ; ne pas attraper la grosse tête – ils n'ont que ces mots-là à la bouche ! C'est affligeant.

Et ce fut au tour du docteur d'affecter une mine songeuse, tout en contemplant son verre de vin. Puis ce dernier dit :

— Mangeons, pendant que c'est encore chaud, voulez-vous ? Nous profiterons du dessert pour poursuivre notre conversation – il ne craint pas de refroidir, lui. Je vous parlerai alors un peu de la maison… et puis – pourquoi pas – nous pourrons aller la visiter cette nuit. Il n'y aura pas de circulation pour aller à la capitale, à cette heure-là ; ce sera beaucoup plus agréable.

Robert Haas se plia à cette requête, et ils finirent silencieusement leur plat. Mais il ne profita même pas de la nourriture : bien trop de choses mobilisaient désormais son esprit.

— Bien, je vais débarrasser la table et aller chercher les desserts. dit-il finalement, au bout d'une dizaine de minutes.

— Laissez-moi vous donner un coup de main, Robert. Ce n'est pas parce que je suis devenu votre employeur que je dois vous laisser tout faire. ajouta Théodore Arenson tout en étouffant un petit rire. Vous méritez déjà le Prix Nobel autant que moi.

Il rit, lui aussi.

Lorsqu'ils se trouvèrent à nouveau à table, devant le superbe moka pour quatre personnes et deux coupes d'œufs au lait, le docteur parla le premier.

— Bien… Êtes-vous certain de votre décision, Robert ? Pas de regrets ni de doutes ?

— J'en suis tout à fait certain, Théodore. Je ne vois vraiment pas quel regret pourrait me faire douter de quoi que ce soit. Répondre favorablement à votre offre est pour moi une évidence.

— Bon, et bien alors dans ce cas, nous allons régler tout de suite la question du salaire.

Le docteur se leva de table et se dirigea vers l'entrée

du petit appartement, là où se trouvait le portemanteau. Il fouilla dans la poche intérieure de sa veste de cachemire brune, et en tira une enveloppe blanche assez épaisse. Puis il revint vers la table et lui tendit l'enveloppe avant de s'asseoir, en disant :

— Voici donc votre première année de salaire. Il est préférable pour nous deux que je vous paye en espèces. Je vous recommande de louer un petit coffre dans une banque de la capitale, pas trop loin de votre nouveau chez-vous. On ne sait jamais. Vous devriez ne garder avec vous que le nécessaire pour un mois, et passer régulièrement à la banque en fonction de vos besoins. Vous déposerez un peu d'argent sur votre compte en banque pour les achats que vous ne pouvez effectuer en espèces, bien sûr.

Il prit l'enveloppe et la trouva lourde, sachant qu'elle ne contenait que des billets de banque. Il n'osait pas l'ouvrir.

— Vous pouvez l'ouvrir. Je ne m'en offusquerai nullement, Robert. Elle contient 24 000 dollars en billets de 50. J'ai un peu arrondi la somme ; je me serais vraiment senti ridicule, si j'avais commencé à compter les centimes… Cela doit certainement faire un peu plus d'une année de votre salaire actuel, y compris les charges et taxes. Je n'ai pas voulu prendre de coupures plus grosses ; ça attire l'attention, de nos jours.

— Ah, oui… J'allais oublier. C'est un détail, mais… La maison est déjà meublée. Ce sont les meubles de feu mon oncle, vous verrez. Il y a donc tout ce qu'il faut sur place, à part peut-être que l'électroménager doit commencer à dater. Vous ferez comme vous voulez, après. Il y a aussi un ordinateur. C'était un très bon modèle, haut de gamme, mais je crains qu'il soit devenu obsolète, depuis le temps.

Le docteur laissa échapper un nouveau petit rire amusé, puis il ajouta :

— Oh, et puis j'ai apporté cela aussi, pour la circonstance.

Théodore Arenson plongea la main dans une poche de son pantalon, laquelle formait en effet une bosse, et il en tira un long étui à cigares en cuir noir. Puis il la replongea à nouveau, et sortit cette fois un petit coupe-cigares ouvragé et doré.

— Voilà encore de quoi agrémenter notre soirée, Robert. Ce sont d'excellents cigares de la République dominicaine, vous verrez.

Le docteur reprit finalement place en face de lui.

— Vous les avez achetés aujourd'hui ? lui demanda-t-il.

— Oui, oui. Tout à l'heure, en venant chez vous. Je connais un très bon tabagiste qui offre un choix véritablement énorme. J'ai pris les meilleurs : *Cohiba Churchill.* Ah, oui… je voulais vous dire... Maintenant que je viens de devenir votre employeur, je vais me permettre aussi de vous donner un ordre, Robert. ajouta le docteur sur le ton de la dérision. Je tiens à ce que vous alliez passer un *check-up* médical complet avant votre prochain voyage. Je vous donnerai une adresse tout à l'heure, pour ça. C'est le cabinet médical du

Centre, mais, en payant, vous pouvez y aller. Ils ne prennent qu'un peu plus de 150 dollars, ce qui n'est pas si cher compte tenu du nombre d'examens qu'ils vous feront passer. Prévoyez une journée complète. Ils vous feront manger sur place. Vous me donnerez votre feuille de résultats, et je la montrerai au médecin du *Centre* pour qu'il me dise ce qu'il en pense ; je le connais bien.

— Alors vous m'avez déjà payé sans savoir si je suis apte à y retourner… ?

— Si jamais les résultats disaient quelque chose d'inquiétant, Robert, alors ce que je viens de vous donner ne constituerait qu'un bien maigre dédommagement pour le mal que je vous aurais causé… Mais, je ne vous impose cela que par acquit de conscience. Je ne vois vraiment pas ce qui pourrait vous arriver. N'importe quel scientifique agirait comme je le fais.

— En tout cas, je vais avoir de quoi m'acheter deux belles paires de palmes.

— Non, même pas, Robert. Il s'agit de matériel d'expérimentation. Vous conserverez le ticket de caisse et me le donnerez pour que je vous rembourse. C'est moi qui ai décidé d'acheter des palmes ; pas vous.

— Mais ce n'est qu'une broutille, Théodore, au regard de tout ce que m'avez déjà offert…

— Là n'est pas la question. Un dollar, c'est un dollar, Robert. Il n'y a rien de plus important que l'argent, dans notre société moderne. Plus rien n'y est possible sans cela, quoi que prétendent les innombrables nigauds qui gobent la propagande – et aussi les hypocrites, probablement plus nombreux encore.

— O.K., comme vous voudrez, Théodore. …Je vous donnerai la note.

— Moi je vous recommande de prendre une paire de palmes normales et de bonne qualité. Il faut qu'elles vous tiennent le mieux possible les chevilles, bien sûr. Mais nous y ajouterons des câbles de sécurité que vous accrocherez à vos chevilles, au cas où vous déchaussiez en… en vol. Et puis vous tâcherez de trouver une des ces paires de compétition, un peu spéciales ; très longues, vous savez ?

— Oui, oui. Je vois très bien ce que vous voulez dire.

— Oh, je ne pense sincèrement pas que ce sont elles qui seront les mieux, dans notre cas assez particulier, mais cela ne coûtera pas grand-chose d'essayer. Vous verrez bien.

— Il y a une drôle d'idée qui vient de me traverser l'esprit, tout à coup. lâcha Robert Haas.

— Ah oui. Et quoi donc ?

— Et bien, je suis en train de me dire que cela apporterait sans doute quelque chose, si je me faisais raser la tête… Pas seulement en aérodynamisme, mais pour le confort aussi.

— Et bien, figurez-vous que j'y avais bien songé, lorsque j'ai dressé le cahier des charges pour la fabrication de votre masque ; mais, je n'aurais jamais osé vous imposer une pareille chose. Là, c'est vous qui déciderez. Mais il ne fait aucun doute que cela vous apporterait un petit plus, oui. De nos jours, il y a tellement de gens qui se font raser la tête ; vous n'aurez pas trop à en souffrir dans notre dimension temporelle – on croira que vous voulez vous donner un air *branché*, ou que c'est pour dissimuler une calvitie partielle.

Le docteur s'interrompit durant quelques fractions de seconde – il était pensif – puis il releva brusquement la tête dans sa direction et demanda :

— Au fait, j'ai commis l'indélicatesse de ne pas vous le demander tout à l'heure, mais... comment prenez-vous mon idée de vous imposer de quitter votre logement pour un autre ?

Robert Haas éclata de rire.

— Théodore, enfin... Dites-moi ce que vous trouvez de particulièrement attrayant, à propos de mon appartement ?

— Bon, bon. Tout est parfait, alors. Nous allons finir notre repas, fumer tranquillement notre cigare accompagné d'un bon café, et puis nous irons visiter la maison.

— Voilà ; c'est celle-ci. déclara le docteur Arenson en s'immobilisant sur le trottoir.

Ils avaient remonté une petite rue légèrement en pente au bout de laquelle se trouvait le grand cimetière de la capitale, là où de nombreuses célébrités du pays s'étaient fait enterrer. Il avait bien été un peu surpris d'entendre Théodore Arenson parler de maison dans la capitale, là où il n'y avait que des immeubles d'appartements. Il y avait eu des maisons individuelles dans la capitale, mais le prix de l'immobilier était devenu si élevé qu'elles avaient été presque toutes rasées pour laisser la place à des immeubles permettant de loger plus de gens.

Il s'agissait bien d'une maison, en effet, mais celle-ci ressemblait presque à un immeuble, avec sa taille imposante et ses deux étages dont le dernier était à demi mansardé, au-dessus d'un rez-de-chaussée, ce qui en faisait donc trois. C'était une maison de caractère faite de briques rouges et de belles pierres de taille pour les encadrements de fenêtres. La hauteur des fenêtres indiquait clairement des hauteurs de plafonds importantes et typiques des anciennes maisons bourgeoises. Il estima d'après le style que celle-ci devait avoir été construite vers le milieu du XIXe siècle. Une façade de la maison donnait directement sur la rue, et cela expliquait la présence de fortes grilles peintes en noir d'aspect plus récent. Toutes les fenêtres avaient également des petites grilles basses en fer forgé très ouvragé, dont les volutes formaient des branches et des feuilles d'acanthe, surmontées d'une rampe en bois sur laquelle les occupants pouvaient se maintenir en appui. La violente lumière d'un lampadaire, situé au-dessus du trottoir faisant face à cette façade, ne semblait être là que pour mettre celle-ci en valeur durant la nuit, et la faisait paraître plus imposante encore qu'elle devait l'être à la lumière du jour.

Du toit d'ardoises s'élevaient quelques cheminées

de bonne taille suggérant la présence de grands âtres à l'intérieur. Cette imposante façade était prolongée d'un muret surmonté d'une grille de style ancien à pointes de lances, doublée de plaques de tôle peintes en noir pour empêcher que des passants puissent regarder dans une cour intérieure. Un petit arbre et de longues branches de bambou dépassaient d'un ou deux mètres la hauteur de la grille, derrière. Un petit portail double en fer forgé du même style permettait d'accéder à l'intérieur de cette petite cour, et celui-ci était tout juste assez large pour laisser passer une petite automobile. Il repéra un autre petit conduit de cheminée d'aspect plus récent que le reste de la bâtisse, et s'arrêtant à mi-hauteur du côté de la maison totalement dépourvu de fenêtres : il estima que celui-ci devait évacuer la fumée d'un barbecue devant se trouver au pied de ce mur extérieur, caché par les tôles de la grille du muret d'enceinte.

— Wow, c'est vraiment une belle et grande maison... s'exclama-t-il, je ne m'étais pas attendu à ça.

— N'est-ce pas. compléta le docteur Arenson sur un ton empreint d'une indiscutable suffisance associée à un brin de dérision, et tout en élevant le regard pour contempler la partie supérieure de la grosse bâtisse.

— Et vous vous demandiez sincèrement si j'allais regretter mon logement ?

— Je me devais tout de même de vous le demander, non ? Et puis vous pouviez peut-être avoir des raisons toutes personnelles de vous y plaire, que personne d'autre que vous n'aurait pu comprendre.

Regardez, moi je préfère quelque chose de bien plus petit, simplement pour être plus près de mon travail, alors que je pourrais vivre ici…

— Mais, dites-moi ; cela a tout de même dû vous faire mal au cœur d'avoir dû renoncer à habiter ici ?

— C'est vrai, oui. Ça aurait été beaucoup mieux. Peut-être aurez-vous à m'y accorder un peu de place, quand on me mettra à la porte pour me forcer à prendre ma retraite.

Le docteur se tourna vers lui, et lui adressa un regard oblique et interrogateur.

Il répondit, en soutenant le regard de son ami avec défi.

— Il doit y avoir assez d'espace dans cette demeure pour y loger très confortablement au moins deux familles. Je suis certain que nous ferions de merveilleux voisins.

— Je le crois aussi, Robert. Mais sachez que si vous ne vouliez pas de moi, cela ne remettrait nullement nos accords en question.

— Cela fait beaucoup pour une seule soirée. répondit-il.

— Quoi donc ? lui demanda le docteur, alors qu'ils se tenaient toujours tous deux immobiles sur le trottoir, au milieu de la rue aussi déserte que silencieuse.

Il était bien plus de minuit. Il faisait assez froid, mais il n'aurait pu affirmer que c'était ce qui le faisait trembler. Au-dessus d'eux, la lune émergeait de temps à autre depuis derrière un nuage. C'était une nuit sans étoiles, mais celles-ci apparaissaient rarement dans le ciel de la capitale.

— Et bien… tout cela – parvint-il avec quelque peine à articuler –, votre proposition, mon nouveau salaire, de savoir que je ne reverrai plus la Compagnie du téléphone, et… et puis maintenant cette maison.

— Ah, oui… Oui, bien sûr. Ça fait beaucoup en une seule fois, sans doute. Vous avez même oublié les palmes, d'ailleurs.

Il éclata de rire, et le docteur aussi.

— Bon, allons-y, voulez-vous ? dit enfin le docteur.

Ils se remirent en marche et n'eurent que quelques pas à faire pour se trouver devant le portail de métal. Il remarqua la grosse boîte aux lettres noire sur la gauche. Le nom T. ARENSON figurait sur une modeste petite plaquette collée au beau milieu de la porte de la boîte. Il fallait vraiment s'approcher de très près pour parvenir à le lire, tant les caractères étaient petits, fins et sombres.

Théodore Arenson sortit un gros trousseau de clés d'une poche de sa veste, en choisit la plus longue, et l'utilisa pour ouvrir le portail.

Même dans la demi-obscurité, on pouvait voir que la végétation à l'intérieur de la petite cour commençait à devenir sauvage. L'endroit n'avait pas dû être habité depuis assez longtemps.

Sitôt après que le docteur eût refermé le portail qui grinçait légèrement sur ses gonds, le sentiment de se trouver en plein centre de la capitale l'abandonna complètement. Le style de la demeure, la végétation, le portail de fer, les murets et le silence que pas une voiture n'était encore venue rompre suggéraient qu'ils se trouvaient dans le jardin d'une demeure bourgeoise de petite ville de province. Le docteur le précéda jusqu'à une paire de marches de pierres formant le seuil de la porte d'entrée principale ; elle était à doubles battants elle aussi.

Cette autre façade, donnant sur un grand immeuble situé au-delà d'un très haut mur de pierres apparentes, devait compter autant de fenêtres que celle donnant sur la rue.

Le docteur déverrouilla cette fois-ci deux serrures plus modernes, entra, fit basculer un interrupteur sur le côté droit, puis se tourna complètement vers la gauche, pour composer un code sur le clavier numérique d'un système d'alarme.

Le vieil homme se retourna vers lui, et demanda abruptement, en le fixant du regard :

— 299792. Ça ne vous dit rien ?

— Si. Ce ne serait pas la vitesse de la lumière dans le vide, en milliers de mètres ?

— C'est bien ça. Donc vous vous en souviendrez facilement.

La porte donnait sur une vaste entrée très haute de plafond. Un grand lustre de style début de XXe siècle éclairait l'endroit d'une vive lumière. Un grand tableau contemporain faisait face à la porte, à une distance de près de quatre mètres. Le tableau, de style surréaliste, représentait le très beau corps d'une femme nue dont le visage était dépourvu de traits et d'yeux, et aussi lisse que pouvait l'être une cuisse ou un bras ; mais on devinait aisément qu'elle devait être belle. La femme se tenait debout et leur faisait face, pieds nus sur un carrelage en damier, dans une attitude de défi. L'arrière-plan était un des ces vieux escaliers d'immeuble en colimaçon du XIXe, que gravissaient à la queue leu leu plusieurs hommes moustachus, vêtus de costumes de ville et portant chapeaux melon. En regardant l'étrange tableau avec plus d'attention, il se sentit un peu mal à l'aise durant un instant. Sa signification était très claire. Le docteur le vit ; celui-ci l'avait silencieusement observé tandis qu'il était resté en arrêt devant cette toile. Puis l'homme lui dit, au moment même où il tourna les yeux vers lui :

— Mon oncle était un personnage un peu particulier. Une personnalité à part. C'était un homme très intelligent. Il fréquentait assidûment les bordels de la capitale – il ne voulait pas se marier.

Et puis un jour, sans que l'on sache pourquoi, il s'est mis à haïr les bordels et à vigoureusement s'élever contre leur existence… C'est à peu près à ce moment-là qu'il a acheté ce tableau, je ne sais où, et l'a accroché dans cette entrée, bien en face de la porte, pour être certain que tous ceux qui venaient chez lui le voient bien. Je ne vous imposerai pas de le laisser à sa place. Vous n'aurez qu'à le monter au grenier, si vous le désirez. C'est vrai que sa présence dans une entrée est plutôt dérangeante. Mon oncle a manifestement dû avoir beaucoup de remords, pour aller accrocher un truc pareil ici. Ou il a dû lui arriver quelque chose dont il n'aurait parlé à personne, peut-être. …mais, c'est une belle peinture tout de même, vous en conviendrez, dans le genre surréaliste. Je ne connais pas le peintre qui a fait ça, mais j'augure qu'il doit probablement être coté, aujourd'hui.

— En tout cas, l'effet voulu est une incontestable réussite. dit-il tout en ramenant son regard vers la grande toile qui devait mesurer près d'un mètre cinquante de haut. Il y a franchement de quoi dissuader bien des hommes d'aller voir une prostituée, non ?

— Cela vous est déjà arrivé, Robert ?

Il ne fut qu'à moitié choqué par une telle question posée à un moment où il n'aurait pu s'y attendre, mais il n'avait pas besoin de mentir.

— Non, jamais. Je ne supporterais pas l'idée de l'amour physique sans un minimum de sentiments, ou de désir physique mutuel à tout le moins. Cela me mettrait très mal à l'aise et… j'augure que de me trouver dans une chambre en compagnie d'une prostituée – ou d'une parfaite inconnue, d'une manière générale – me couperait tous mes moyens.

— Oh, elles connaissent bien ce problème, et savent faire un peu de comédie pour stimuler leurs clients.

— Alors… Et vous ; avez-vous essayé ?

— Ça m'est arrivé, il y a pas mal de temps, maintenant. Mais je suis devenu un peu trop vieux pour cela. Je me sentirais terriblement ridicule si j'y retournais, à mon âge. Et puis… je dois vous avouer que ce tableau doit y être pour quelque chose, aussi. Si on avait demandé à ce peintre de réaliser une pub pour dissuader les gens d'utiliser leur voiture lorsqu'ils ont trop bu, je veux croire que le nombre d'accidents de la route dus à l'alcool au volant serait beaucoup moins élevé, aujourd'hui.

Bon… venez ; il y a encore pas mal de choses à voir, y compris quelques autres bizarreries. Je pense que mon oncle était quand même devenu un peu cinglé, vers la fin de sa vie. Il était temps qu'il quitte ce monde, je crois.

Théodore Arenson commenta leurs déplacements, exactement comme un agent immobilier l'eut fait, mais sans la même conviction.

— La porte à droite au bout du vestibule est condamnée. Il y a une salle de bain particulière, derrière : celle de mon oncle – on y accède par la chambre. À droite – ils firent quelques pas –, vous avez un couloir central qui longe le grand salon, d'un côté, et une autre grande salle de bain de l'autre, puis la cuisine. Les deux portes à double battant permettent d'accéder à ce même salon, vous voyez ?

Le docteur Arenson en ouvrit une, actionna un interrupteur sur le côté, et un énorme lustre à multiples ampoules plutôt disgracieux illumina toute la pièce. Celle-ci faisait presque toute la longueur de la maison : elle était véritablement immense, au prix du mètre carré dans la capitale. Théodore Arenson entra dans la pièce. Mais Robert Haas demeura un instant sur le seuil de la porte. À sa droite, une large cheminée de marbre sculpté occupait l'exact centre du mur du fond, celle-ci était flanquée de rayonnages de bibliothèque à moitié remplis de livres posés en désordre.

Il ne put résister à l'envie de faire quelques pas pour en examiner les titres – le parquet de bois ciré grinça sous le poids de sa haute silhouette – et fut interloqué lorsqu'il réalisa que tous indiquaient de ces « succès de l'été » écrits par des femmes pour un public exclusivement féminin, à lire en vacance sur une plage bondée. Il entendit la voix du docteur, derrière lui :

— Vous voyez combien la personnalité de cet homme était déroutante ? Et il était un scientifique, lui aussi… Ne cherchez pas, vous ne trouverez pas ici un seul livre réclamant un quotient intellectuel supérieur à 100, et il n'y a aucun second degré intéressant à trouver dans aucun de ceux-ci. J'ignore même si mon oncle les a lus, mais je le suppose.

Il se retourna ; d'ici, devant la cheminée, il pouvait voir d'un seul coup d'œil tout ce qui se trouvait dans la longue pièce. Il estima que celle-ci devait faire au moins douze mètres de long par huit de large, environ. Le plafond devait être haut de près de quatre mètres. Il y avait tout d'abord une épouvantable table à manger rectangulaire, assez longue, et très mal assortie de lourdes et hautes chaises en fer forgé noir à assise de cuir beige épais sans rembourrage, d'un plus mauvais goût encore. À droite, entre deux fenêtres, il y avait une énorme statue primitive haute d'un bon mètre cinquante, grossièrement sculptée dans un large tronc d'arbre. L'objet représentait une femme à tête d'oiseau dont le ventre ovoïde indiquait qu'elle allait accoucher incessamment. La deuxième moitié de la pièce, plus loin, était un coin salon occupé par des canapés et fauteuils de cuir disparates, ainsi que deux tables basses de belle qualité, mais sans style défini ni caractéristiques particulières. Il remarqua la présence d'un grand aquarium vide aux vitres sales, posé sur une belle console ancienne en fer forgé, le long du mur gauche, exactement entre les deux portes d'accès donnant sur le couloir par lequel ils étaient arrivés ici.

Théodore Arenson était debout au beau milieu de la pièce, à six ou sept mètres de lui, et il semblait l'observer attentivement, comme pour tenter de pénétrer ses pensées en cet instant.

— Mon oncle avait aussi un python vivant. dit le vieil homme en le voyant observer avec perplexité ce qui était en fait un vivarium. Il a eu aussi des araignées aussi grosses que répugnantes… et un épouvantable Bull Terrier.

La maison était grande et superbe, mais Robert Haas se dit qu'il mettrait certainement pas mal de temps à s'y sentir chez lui. Il découvrait peu à peu quelque chose dans la personnalité de son précédent occupant qui le dérangeait terriblement, mais il n'aurait su décrire ce que cela pouvait être. C'est en y songeant qu'il remarqua quatre reproductions très réussies de toiles d'Arcimboldo, de tailles identiques et étrangement disposées les unes contre les autres, pour former un grand rectangle mural. Chacune de ces toiles était un portrait d'homme vu de profil, et bien sûr exclusivement constitué de fruits et légumes.

Puis il remarqua la présence d'un symbole étrangement récurrent, sur une tapisserie, sous les formes de deux miroirs convexes et d'une sculpture sur pied posée sur la seconde cheminée, à l'autre extrémité de la pièce : c'était un soleil flamboyant, symbolique. Il en découvrit d'autres, tous à-peu-près du même type. Celui de la tapisserie avait des yeux et une bouche ne montrant aucune expression. Quel sens avait bien pu leur trouver leur ancien propriétaire, pour que la chose se répète aussi fréquemment, se demanda-t-il aussitôt ?

— Et… cette manie avec ce soleil à visage humain ? demanda-t-il.

— Ce n'est pas très clair. répondit le docteur. Comme il était très écolo, j'ai pensé que cela pouvait représenter pour lui la source d'énergie unique et absolue, mais je ne suis pas certain que l'explication soit aussi simple, à cause de la répétition de ces rayons flamboyants qui font songer à une symbolique plus mystique. Vous en trouverez des comme ça un peu partout dans la maison. Je ne connais aucun parti politique ni aucune secte qui utilise ce symbole. Si l'envie devait vous prendre de vous casser la tête sur cette petite énigme, je crains qu'elle ne mène pas à grand-chose de très intéressant – comme toujours avec mon oncle. Il avait tendance à attribuer une symbolique des plus hermétiques aux choses de la vie, même les plus triviales.

— Je commence à comprendre. répondit Robert Haas.

— Vous comprenez quoi ? répondit Théodore Arenson, interloqué.

— Et bien, rien, justement. …ou plutôt – je veux

dire – que votre oncle était un type plutôt bizarre.

— Ah, oui... Oui, ça il était bizarre, en effet. Ah… Euh… sa chambre est dans le fond de la pièce, derrière la porte près de la dernière fenêtre. Elle est plutôt spacieuse, et elle fait bureau également. Le meuble bureau est ridiculement petit et inconfortable, mais le lit est immense. C'est un *king size* américain, avec un baldaquin.

— …Avec un baldaquin. répéta-t-il sur le ton d'un somnambule.

— …Et il y a une grande baignoire jacuzzi dans la salle de bain.

— Oh, vraiment ?

— Mais oui. Venez voir.

La visite complète de la maison avait certainement dû prendre une bonne heure. Il avait beaucoup aimé la grande cuisine de style moderne, avec ses larges plans de travail et son électroménager entièrement chromé qu'il n'avait pas trouvé si obsolète que cela. L'oncle bizarre avait aménagé, dans une des pièces souterraines et voûtées de la cave, ce qui ne semblait pouvoir être autre chose qu'une salle de réunion, équipée de confortables et coûteux canapés de cuir blanc, disposés autour d'une table basse de verre étrangement débarrassée de tout objet, alors que tout le reste de la maison était encombré de bibelots – bon marché dans la plupart des cas. On accédait aux étages par un escalier en colimaçon aussi large que ceux de ces vieux immeubles bourgeois des quartiers chics de la capitale ; mais celui-ci était en bois.

Lorsqu'ils s'étaient à nouveau retrouvés dans le couloir longeant l'immense salon du rez-de-chaussée, le docteur s'était retourné vers lui, puis avait élevé en l'air le gros trousseau de clés tout en affectant une pose et une expression de visage graves et solennelles, avant de dire :

— Prenez-les. Vous êtes maintenant chez vous, Robert.

CHAPITRE
IV

8 MINUTES = 66 HEURES

— Je crois que nous n'avons rien oublié. dit le docteur Arenson sur le ton d'une conclusion.

— C'est ce qu'il me semble aussi.

— J'ai l'impression qu'il y en a quelques-uns ici qui commencent à se poser des questions sur vos visites.

— Ah ?

— Oh, cela n'a pas d'importance. J'ai simplement remarqué quelques regards de mes ingénieurs, suivis des inévitables discussions à voix basse – vous voyez le genre. Allez savoir ce qu'ils s'imaginent.

Le docteur s'interrompit un instant, tout en considérant son nouveau sac à dos d'un air perplexe, puis il dit.

— Ce qui me gêne tout de même un peu, avec votre sac à dos de film de science-fiction, c'est que l'on ne puisse pas y mettre plus de deux bouteilles d'eau. Ah, il est certainement très aérodynamique, ça ne fait aucun doute ; mais un sac à dos fait de coques rigides, ce n'est vraiment pas pratique… Je ne suis pas sûr que vous allez y gagner au change. Enfin, vous aurez tout le temps de reconsidérer cette question quand vous aurez fini votre deuxième bouteille d'eau, n'est-ce pas ?

— Oui, évidemment. répondit Robert Haas en baissant les yeux et en affichant une expression coupable.

Le docteur reprit, sur un ton ironique cette fois :

— Vous ne seriez pas en train de vous prendre un petit trop au jeu, Robert ?

— C'est possible, en effet. Mais l'idée de ne pas pouvoir dépasser le kilomètre et demi par heure m'ennuie terriblement. C'est pourquoi je voudrais faire tout ce que je peux pour gagner un peu de vitesse. Le voyage jusqu'à la capitale va être long…

— …Mais beaucoup plus agréable, vous verrez. Je n'ai aucun doute là-dessus.

— Que ferai-je des palmes qui conviennent moins bien, au fait ? Nous n'en avons pas parlé.

— Ah, oui… C'est embêtant, en effet. Elles seront *accélérées*.

Le docteur réfléchit un instant, puis il dit :

— Écoutez ; j'ai une idée. On va faire comme ça. Faites des tests sur le parking. Quand vous serez sûr de vous, allez placer la mauvaise paire sous ma voiture. Vous irez les récupérer en revenant, et les rapporterez avec vous dans la bulle pour que nous puissions les *décélérer*. Ça m'ennuie un peu d'abandonner des objets *accélérés* dans un monde qui ne l'est pas. Et d'ailleurs, si jamais vous rameniez avec vous des objets de notre monde normal, ne les emportez pas avec vous dans la bulle. Déposez-les devant le sas, ou sous la console de commande, puisqu'il n'est pas nécessaire de les *décélérer*.

— O.K., Théodore, mais… je ne vois pas ce que je pourrais ramener. Pour quoi faire ?

— Je n'en sais rien non plus, mais au cas où…. Sait-on jamais. Bon. Vous êtes prêt ? L'expérience est programmée pour dans – le docteur se retourna pour jeter un œil à l'horloge digitale à *LED* rouges de la console de commande – treize minutes. Vous mettrez votre masque en sortant. Ce n'est pas la peine de passer quatre heures là dedans avec ça sur le « museau ».

— D'accord, d'accord. Tant mieux. Il me serre un peu.

— Oui, c'est fait exprès, pour qu'il reste bien en place sur votre visage. J'ai prétexté auprès du fabricant qu'il devait également servir durant des essais en soufflerie.

— Bon, et bien je vais commencer à me déshabiller. répondit Robert Haas.

Il était peut-être plus tendu encore que la première fois. Aujourd'hui, c'était l'idée d'avoir à rester plus de trois jours dans l'autre dimension temporelle qui l'angoissait.

Le docteur répéta :

— Respectez scrupuleusement notre plan, Robert ; c'est important. Une fois arrivé à la maison, vous irez tout de suite vous coucher pour récupérer de vos efforts musculaires durant le trajet. Il faut impérativement que vous soyez en pleine forme pour le trajet de retour. Dix à quinze heures de… vol ; ça va être long. Faites bien comme je vous ai dit : montez en altitude et laissez faire la pesanteur pour redescendre, et ainsi de suite, tout le long. Vous économiserez grandement vos forces.

— Oui, oui. C'est compris.

— Bon, et bien alors on s'est tout dit. C'est parti.

Il se déshabilla, et plaça ses vêtements dans le sac en plastique de supermarchés qu'il avait apporté pour la circonstance. Puis il se dirigea vers le sas, en tenant le sac à dos, les palmes et le masque, par leurs brides. Le docteur le suivit en tenant dans ses mains le caisson de plexiglas transparent – cette fois-ci, il contenait des petites fioles de différents types de colles haute performance pour l'industrie aéronautique.

Puis il y eut ce moment de non-retour où le docteur referma la large porte ronde en métal, suivi de l'obscurité absolue.

Quatre heures plus tard, il revit le docteur à demi statufié, tirant de ses deux mains sur la porte du sas. Celui-ci semblait le regarder, encore. L'expression figée de son visage suggérait simplement l'homme concentré sur sa tâche – celle de légère anxiété qu'il avait vue la fois précédente avait disparu. Il descendit les marches de métal. Il avait fini la bouteille d'eau supplémentaire que Théodore Arenson avait placée entre ses jambes et le caisson de plexiglas. Après avoir parcouru quelques mètres dans la grande salle, il posa son sac à dos et les palmes sur le sol, enfila son masque, puis en ajusta les sangles de toile synthétique.

Sa respiration s'améliora presque immédiatement, mais il manquait maintenant d'un peu d'air. Il fit légèrement tourner la molette du filtre de quelques crans, et tout rentra dans l'ordre. C'était presque comme s'il respirait normalement, exception faite du bruit de l'air passant dans le filtre qu'il parvenait à entendre siffler.

Il ramassa son matériel, et sortit de la pièce.

Lorsqu'il se retrouva devant la large entrée principale du Centre de Recherches en Physique fondamentale, il s'assit doucement sur le sol, et entreprit de chausser les palmes courtes. Deux hommes côte à côte, vêtus de costumes sobres et portant des sacoches de cuir, étaient figés à quelques petits mètres de lui, dans une attitude de marche et de discussion. Ils se dirigeaient vers l'entrée, et ils ne le voyaient évidemment pas. Le ciel était dégagé, juste ponctué de quelques nuages blancs opaques et bas auxquels il n'avait pas prêté attention en arrivant. Le parfait silence donnait au tout un aspect irréel, presque oppressant.

Il se releva et ajusta son sac-coque sur son dos, puis il demeura un instant immobile, se demandant comment il allait s'y prendre. Il ne put réprimer un sourire de dérision. Il fit un premier pas, puis un autre, péniblement tant les palmes offraient de la résistance à l'air si épais, et là, il perdit l'équilibre et se sentit tomber lentement vers l'avant. Ce n'était évidemment pas ce qu'il avait prévu, mais il semblait qu'il n'y avait pas d'autre issue. Il leva complètement ses deux pieds du sol, exactement comme il l'eut fait dans le fond d'une piscine dont l'eau serait extraordinairement claire, et se mit aussitôt à battre des jambes. Son corps cessa alors de tomber vers l'avant, et, à travers les verres ronds de son masque, il vit le bitume du parking se déplacer vers l'arrière. Il avançait, à l'horizontale.

Ça marchait bel et bien.

Un frisson d'euphorie lui parcourut tout le corps. Il exultait sous son masque. Il tenta de battre des jambes plus fort encore. Sa vitesse augmenta légèrement. Il était certain de se déplacer plus vite qu'en marchant ; cela ne faisait aucun doute. Comme l'air, plus dense encore, repoussait avec force ses bras vers l'arrière, il poussa sur ceux-ci, au contraire, pour les tendre bien droit devant lui, à l'horizontale dans l'axe de son corps. Il joignit ses deux pouces serrés l'un contre l'autre, tint ses doigts pointés en avant, bien raides, et inclina légèrement ses mains vers le haut, s'en servant ainsi comme d'un aileron.

Il dut faire un nouvel effort pour maintenir ses bras tendus en avant, et il prit distinctement de l'altitude.

Il y eut un moment où il réalisa qu'il volait au-dessus d'un des petits arbres du parking du *Centre*, c'est-à-dire à un bon trois mètres du sol.

Curieusement, lui qui avait facilement le vertige ne ressentait absolument aucune crainte, ni même la moindre appréhension. Il maintint les doigts légèrement courbés vers le haut, au contraire, et il y eut un moment où les voitures commencèrent à devenir petites. Là, il cessa de battre des jambes, et attendit. Sa vitesse décrut presque instantanément. Il tordit légèrement son corps pour que celui-ci forme un arc incurvé vers le sol, et il commença à plonger, lentement. Il redressa son corps à l'horizontale, mais celui-ci demeurait maintenant incliné d'environ vingt degrés vers le sol.

Il planait. Il avançait sans avoir à faire le moindre geste.

Il tendit ses bras légèrement vers la droite, et inclina ses mains dans la même direction. Il amorça alors un virage vers la droite, tout en continuant de perdre de l'altitude. L'amorce du virage avait tout d'abord été brutale ; alors il avait rectifié la position de ses bras. La seule inclinaison de ses mains suffisait amplement à lui faire prendre une courbe serrée. Lorsqu'il eut accompli un demi-tour complet et qu'il ne se trouva plus qu'à cinq ou six mètres d'altitude, il visa de ses mains la seconde paire de palmes qu'il avait abandonnée sur le parking. Lorsqu'il n'en fut plus qu'à trois ou quatre mètres, il releva ses doigts vers le haut, et là sa vitesse se mit à décroître encore tandis que son corps demeura tendu vers le ciel selon un angle d'une trentaine de degrés.

Il était encore à deux mètres au-dessus du sol lorsqu'il dépassa les palmes. Il avait un peu trop anticipé. Il corrigea son inclinaison pour redescendre, toujours plus lentement. Puis, arrivé cette fois à un mètre du sol, il releva encore ses doigts vers le haut jusqu'à ce que son corps puisse se retrouver presque à la verticale. Il s'immobilisa complètement en l'air durant une fraction de seconde, comme si son corps hésitait dans l'espace. Mais l'instant fut rapidement interrompu par un début de chute lente, et le sol était déjà bien trop près. Les extrémités de ses palmes touchèrent le sol. Il tenta un pas en avant pour retrouver son équilibre, en vain. Il tomba lentement à plat ventre contre le bitume, mais il eut largement le temps de tendre ses paumes en avant pour amortir sa chute lente en les posa à plat.

Sous son masque, il riait aux éclats. C'était un rire à la fois nerveux et de joie. Le bruit de son rire était identique à ce qu'il eut été sous l'eau : étouffé et grave. De la buée se forma peu à peu sur les verres de son masque, et la fréquence des sifflements dans le filtre à air s'accéléra. Des frissons lui parcouraient l'échine, par intermittence. Sans cesser de rire, car il ne pouvait plus s'en empêcher, il s'assit à nouveau sur le sol, posa ses palmes, et s'avança à pied vers les autres qui se trouvaient maintenant à seulement trois ou quatre mètres de lui. Il savait déjà qu'il était tout à fait impossible de marcher avec ces palmes d'un bon mètre de longueur – il avait vainement tenté de le faire chez lui, pour voir.

Mais il avait eu une idée.

Tenant ses longues palmes à la main, il se dirigea lentement vers un gros *4x4* garé sur le parking. Il déposa délicatement les palmes sur le large capot, puis il entreprit d'escalader le véhicule. Arrivé sur le toit, à plus d'un mètre cinquante du sol, il chaussa enfin les palmes, sans oublier d'attacher les petits câbles de sécurité à ses chevilles. Puis il se mit tant bien que mal en position debout sur le toit, et s'approcha au plus près du bord. Les longues extrémités des palmes qui dépassaient largement du toit commencèrent à retomber mollement contre le flanc du *4x4*, sans parvenir à le toucher cependant. Là, il fléchit ses jambes pour prendre son élan, pencha son corps vers l'avant, et, au moment où celui-ci commença à tomber de lui-même en avant, il poussa fortement sur ses jambes tout en étendant ses bras vers l'horizon.

Il eut l'impression que la carrosserie du véhicule s'enfonça légèrement sous la force de ses jambes et, au même moment, il fut projeté vers l'avant et légèrement vers le haut. Il battit aussitôt des jambes, avec frénésie autant que maladresse. Il devait fournir plus d'efforts qu'avec les palmes courtes, cela ne faisait aucun doute, mais il partit instantanément en vol horizontal, ou à peu près.

Il n'avançait pas plus vite qu'avec les autres palmes, mais il battait des jambes plus lentement et devait faire des efforts pour mieux contrôler leur mouvement. Les palmes lui imposaient d'effectuer des mouvements très réguliers, lents, précis, et surtout plus puissants. A priori, il semblait que ces longues palmes allaient moins bien, mais il voulait s'en assurer définitivement, et il commença à prendre de l'altitude : plus d'altitude que la première fois.

Il y eut un moment où il estima qu'il devait se trouver à une hauteur supérieure à celle d'un immeuble de cinq étages. Là, un peu affolé par une telle altitude, il commença à amorcer un virage pour revenir vers son point de départ. Ce fut aussi aisé que la première fois. Cependant, il considéra que ces longues palmes le contraignaient à effectuer des mouvements plus lents, ce qu'il n'aimait pas. Tandis qu'il revenait survoler le parking en vol à l'horizontale, il sentit pour la première fois la forte pression des sangles de son sac à dos sur ses épaules, tirant celles-ci vers l'arrière. L'air avait manifestement tendance à s'engouffrer entre son dos et le sac. Il se dit qu'il faudrait qu'il serre un peu plus les sangles pour que le sac demeure plaqué contre son dos.

Il amorça finalement une descente vers le sol, vers le petit point noir sur le bitume qui était son autre paire de palmes.

L'atterrissage fut encore plus maladroit que le précédent. Les palmes s'étaient à un moment presque pliées en deux sous ses pieds.

Il opta définitivement pour les palmes courtes, et alla cacher les longues sous la voiture de Théodore Arenson, comme convenu. Après quoi, il prit un nouvel envol et entama une longue ascension.

Il y eut un moment où il fut certain d'être à la même hauteur que les nuages, et il entreprit d'en approcher un, lentement. En bas, il ne distinguait plus les gens, mais pouvait encore aisément voir les voitures sur la portion d'autoroute qui menait à la capitale. La fatigue commençait à le gagner, mais il voulait absolument traverser ce nuage qui lui semblait n'être distant que de deux ou trois cents mètres.

Il poussa encore sur ses jambes.

L'impression de fraîcheur ne fut pas immédiate : il

n'en eut pleinement conscience que lorsqu'il se trouva au milieu d'une brume si épaisse que sa visibilité ne devait pas excéder deux mètres. Il ne vit pourtant aucune goutte se former sur les verres de son masque. Il devait aller trop vite pour que cela fût possible. Puis il y eut la sensation de fraîcheur dans sa gorge et sur sa langue.

Il s'arrêta un instant de battre des jambes pour ralentir, puis il abattit une main sur son masque, et entreprit avec peine d'en tourner la molette d'air pour augmenter le débit. La fraîcheur dans sa bouche devint plus vive et… il éprouva la sensation de boire, sans vraiment le faire. Il était en train d'avaler de nombreuses microgouttelettes. Il venait de découvrir un moyen bien plus pratique et plus agréable que de boire de l'eau *non accélérée* à la bouteille.

Ah, ça… Théodore n'y avait pas songé. se dit-il. Il va être surpris, quand je vais le lui expliquer.

Et puis il y eut un moment où le paysage réapparut très rapidement, en l'espace de seulement quelques secondes. À l'échelle de temps normale, il estima qu'il devait se déplacer à une vitesse d'environ 300 kilomètres par heure. Il commençait à perdre de l'altitude. Il inclina un peu plus son corps vers la Terre, et amorça sa première descente depuis qu'il était parti, laissant le vent porter ses jambes immobiles. Il prit enfin du repos.

Sa montre, solidement fixée par un bracelet de toile synthétique à son poignet, lui dit qu'il avait passé six heures dans le ciel, lorsqu'il estima se trouver à l'exacte verticale de la ceinture périphérique de la capitale. Il ne voyait pas sa nouvelle maison, mais il savait à peu près ou elle se trouvait par rapport à la large tache grise du grand cimetière. Il amorça une descente en pente douce vers celui-ci, sans ne plus battre des jambes.

Il repéra formellement la maison de l'oncle de Théodore Arenson lorsqu'il ne fut plus qu'à environ 300 mètres d'altitude. Environ une quinzaine de minutes plus tard, il n'en était plus qu'à 25 ou 30 mètres, et à environ une quinzaine de mètres au-dessus du sol. Il s'engagea dans la rue étroite, comme si celle-ci eut été une piste d'atterrissage. Une voiture était en train de la remonter à la vitesse d'un escargot.

C'est à ce moment-là qu'il se demanda s'il parviendrait à effectuer un atterrissage correct dans la cour de la maison – vue d'ici, celle-ci semblait bien petite. Mais que risquait-il, à une vitesse aussi lente ?

En fait, il fit un atterrissage bien plus réussi que les précédents, à l'intérieur de la cour, à deux mètres seulement de la porte d'entrée, malgré la difficulté des obstacles que constituaient la grille d'enceinte et les longues tiges de bambou.

Il avait réussi. Il était allé jusqu'à sa nouvelle maison de la capitale, pourtant distante de plus de 11 kilomètres à vol d'oiseau, en seulement six heures et demie. À pied, il n'aurait jamais pu y parvenir, à moins de faire de fréquentes pauses, et en deux fois plus de temps au moins.

En fait, le retour sur terre lui parut plutôt désagréable. Il fallait maintenant marcher. Le quartier était déjà très calme, à l'échelle temporelle normale, mais là il n'entendait absolument aucun bruit, à part quelque chose de sourd et de rythmé qui lui semblait être les battements de son propre cœur, et le sifflement de sa respiration dans le masque. Il défit ses palmes – les sangles de celles-ci avaient laissé de profondes marques rouges sur ses chevilles, mais ce n'était tout de même pas douloureux. Il posa son sac à dos sur le sol, l'ouvrit, et s'empara du trousseau de clés. Il tourna la clé dans la serrure aussi lentement qu'il le put pour ne rien casser, puis il ouvrit tout aussi lentement la porte. Il alla directement dans la chambre de l'oncle de Théodore qui était maintenant la sienne, posa son sac et ses palmes au pied du lit, s'assit sur la grande couette, puis se laissa lentement tomber.

Là, allongé, il enleva son masque. La violente première bouffée d'air le fit tousser. À contrecœur, il remit le masque. Il se demanda s'il parviendrait à dormir avec ce truc en caoutchouc qui lui serrait le crâne et collait désagréablement à la peau de son visage.

Il volait, encore. Mais maintenant, il faisait des vrilles dans les airs, voyant alternativement défiler le ciel puis la terre devant ses yeux, hors de son contrôle. Il commençait à attraper le tournis et la nausée. Puis la panique le gagna lorsqu'il fut définitivement incapable de se concentrer sur des repères. Il gesticula absurdement dans le vide, et c'est à ce moment-là qu'il réalisa qu'il était allongé sur le lit et que tout s'arrêta. Il s'était endormi, rapidement à l'évidence, sans même s'en rendre compte.

Il regarda sa montre. Il était arrivé ici il y avait seulement une demi-*heure accélérée*, et il avait déjà été réveillé par un cauchemar.

Une demi-heure de quel temps, se demanda-t-il un instant ?

Il était convaincu d'avoir dormi beaucoup plus longtemps. Il commença à se demander si sa montre fonctionnait convenablement, et une autre sorte de panique gagna son esprit.

Et s'il perdait l'heure exacte, se demanda-t-il. S'il perdait la notion du temps, en plus, en raison de l'émotion et de la fatigue. Comment saurait-il à quel moment il faudrait revenir au *Centre* ? C'était exactement ce qu'il lui arrivait dans ses cauchemars, et il se demanda maintenant si ce qui venait de se produire aujourd'hui était la réalité, ou encore un de ces rêves qui se terminaient par des cauchemars. Ne venait-il pas de se réveiller dans sa nouvelle chambre, comme hier ? Mais hier… était-ce un rêve aussi ?

Il voulut en avoir le cœur net, mais il fallait se rendre à l'évidence : s'il avait encore ce masque plaqué sur son visage et qu'il avait du mal à respirer sans, alors il ne rêvait pas. Cette fois-ci, c'était la réalité ; une réalité qui était juste difficile à admettre. C'était un nouveau danger auquel il n'avait jamais songé, auquel il n'aurait jamais pu songer à moins de faire cette nouvelle découverte très particulière : rentrer chez lui durant une expérience, s'y endormir et… rêver. C'était de cette manière qu'il pouvait fort bien définitivement perdre la notion du temps et, plus grave, ne plus être capable de distinguer avec certitude les deux échelles de temps, de faire la différence entre le rêve et la réalité, de penser qu'il avait simplement déliré, depuis le début : que tout cela, le voyage dans le temps, la belle maison, le nouveau salaire et la nouvelle vie, avait été créé par son esprit pour lui permettre d'échapper, par l'illusion, à la réelle détresse de sa vie sans saveur, sans surprise, ni avenir.

Il existe bien une ivresse des profondeurs pour les plongeurs ; y en aurait-il une du temps accéléré pour les voyageurs du temps ?

Il interrompit cette réflexion parce qu'une idée venait de surgir dans son esprit.

Mais, à quoi bon ? Qu'est ce que ça peut faire, que ce soit le rêve ou la réalité, puisque c'est si réel ? Si c'est une illusion, rien ne m'empêche de l'accepter et de la vivre intensément. C'est bien mieux que la réalité, après tout…

Puis il se reprit juste après cette folle pensée, en réalisant que celle-ci aussi était caractéristique d'une perte de la notion de réalité.

Le besoin d'ôter le masque devint plus fort que tout.

Si je ne rêve pas, se dit-il, ce serait vraiment trop dangereux de ne pas le porter durant mon sommeil.

Il lui semblait que la pièce bougeait encore un peu autour de lui, ou plutôt que c'était lui qui était en train de flotter dans les airs, et il avait encore la nausée. Il s'assit de nouveau sur le lit pour tenter de faire se dissiper cette ivresse, et attendit quelques minutes dans cette position. Il réalisa qu'il n'avait pas mangé depuis au moins huit heures, mais il n'avait pas vraiment faim. Il avait pris la précaution de stocker des paquets de chips dans la cuisine, mais il ne se trouvait pas la volonté d'y aller. Il se souvint qu'il y avait des barres de céréales *accélérées* dans son sac à dos.

Puis il réalisa combien il était loin de Théodore Arenson, maintenant, la seule personne au monde à savoir, à peu près, où il se trouvait en ce moment et ce qui lui était arrivé. En fait, cette distance lui donnait l'impression que son ami était aussi loin de lui que s'il se trouvait dans un autre pays, de l'autre côté d'un océan.

Selon l'échelle de temps du monde normal, il s'était écoulé… moins d'une minute. Il avait donc parcouru la distance de onze – disons douze – kilomètres, en moins d'une minute…

Ça fait combien de kilomètres par heure, se demanda-t-il ?

Il y réfléchit un instant ; ce fut difficile, car son esprit était embrumé. Il avait le sentiment de ne pas être complètement réveillé ; pas encore, mais… le serait-il ?

Il se laissa à nouveau retomber sur le lit, les genoux remontés vers son visage, dans une position fœtale, mais ne perdit pas pour autant ce fil de sa pensée qui se rompait parfois.

Oh… mais… ça fait plus de 650 kilomètres-heure

de moyenne ! J'ai largement battu le record de ce *skydiver.* Sans le masque, j'aurais certainement souffert le martyre et j'aurais été contraint de sérieusement ralentir.

Ralentir…

Lorsqu'il se réveilla à nouveau, cette fois trois *heures accélérées* s'étaient écoulées. Il était en nage sous son masque. Comment allait-il pouvoir passer encore plus de deux jours avec cette épouvantable chose sur la tête ?

Il le retira tout de même, toussa encore, puis se concentra sur sa respiration, toujours couché sur le lit. Il se concentra encore. Il y eut un moment où il se sentit beaucoup mieux, finalement. Il allait se reposer encore un peu, comme ça, sans s'endormir. Il ne se souvenait pas avoir rêvé, cette fois-ci.

Tant mieux. Merci. se dit-il.

Il n'avait pu rester au lit que deux heures de plus, allongé sur la couette, les yeux grands ouverts et fixés sur les rayons de lumière que lui lançaient les ouïes des volets fermés de l'unique fenêtre de la chambre. Il ne ferait jamais nuit, de toute façon, durant les trois jours de cette expérience. Car dans cette échelle de temps ci, le cycle des jours et des nuits était allongé cinq cents fois. La prochaine nuit de ce temps-là ne viendrait pas avant…

Il regarda à nouveau sa montre et réfléchit, assis sur un des tabourets de la grande cuisine et accoudé sur le plan de travail central, en train de manger des chips.

...Un tiers de journée s'est déjà écoulé, à l'échelle de temps de laquelle je viens, et donc cela fait encore... Ah, oui, c'est vrai... On est tout de même au mois de mars, et les journées sont encore un peu courtes. Alors dans ce cas, la nuit ne tomberait pas avant... quelque chose comme près de 180 heures... Non ! Pas 180 heures, mais 180 jours... Oh mon Dieu, 180 jours ! 6 mois... comme au pôle Nord...

Bon, il faut que je fasse quelque chose. Il faut que je sorte de cet endroit avant d'y devenir fou. Il faut que j'aille visiter la ville. Voler me fera du bien. C'est tellement génial.

Il ressentait ce réveil qui n'était pas suivi d'une tasse de café chaud comme une énorme contrainte. Sa bouche était horriblement pâteuse, en dépit de l'eau qu'il avait bue.

Cela faisait maintenant deux bonnes heures qu'il faisait les montagnes russes dans les rues de la capitale ; battant des jambes durant dix minutes, puis, après s'être élevé à la hauteur d'un quatrième étage, se laissant glisser dans l'air et redescendre jusqu'à environ un mètre cinquante au-dessus des toits des voitures – un petit mètre, même parfois. Il se trouvait dans la grande artère qui traversait l'exact centre de la capitale. C'était tout de même merveilleux, de pouvoir se déplacer ainsi en ville. Il allait beaucoup mieux. Il avait moins chaud, et il respirait normalement.

Dans la maison, il avait effectué la moitié des

expériences de chimie que Théodore Arenson lui avait demandé de réaliser pour lui, à l'aide des produits *accélérés* que l'homme y avait apportés deux jours auparavant, tout à fait à l'insu du personnel du *Centre*. Théodore Arenson lui avait d'ailleurs demandé s'il consentirait à transformer une des pièces de la demeure en laboratoire. Là, ils mèneraient tous deux des expériences, chaque fois qu'il effectuerait un voyage dans l'autre échelle temporelle. Aujourd'hui, il avait réalisé de la nitroglycérine *accélérée*, entre autres choses – il avait déposé le flacon d'explosif dans le congélateur, ainsi que Théodore le lui avait demandé. Un explosif explosant cinq cents fois plus rapidement que de la nitroglycérine – il était curieux, lui aussi, d'en connaître les effets…

Il avait eu beau réfléchir à ce qu'il pourrait faire de son temps libre durant ce voyage temporel, il n'avait rien trouvé de particulièrement intéressant. Théodore Arenson l'avait supplié de ne plus refaire de blagues. Il respectait son engagement. Mais se limiter à voir les gens, les voitures et tout le reste, se déplacer très lentement devenait vite lassant. Voler en rase-mottes le long des rues était ce qu'il y avait de plus attractif.

Il laissa son regard s'attarder sur la vitrine d'une galerie de peintures anciennes, sur la droite. Les tableaux qui y étaient exposés devaient dater du XVIe siècle, pour les plus récents. C'était de très beaux tableaux qui devaient coûter horriblement cher. Il n'y avait guère que des boutiques de ce genre et de luxe dans cette artère, hormis celles qui vendaient d'horribles choses dorées et bariolées aux touristes. Il fit un bel atterrissage sur le trottoir longeant cette boutique, sauf qu'il faillit bien percuter un couple de touristes, lentement mais sûrement.

Il s'était immobilisé à une dizaine de centimètres de l'homme vêtu d'un épais pardessus gris. Les tableaux dans la vitrine étaient des scènes religieuses et de batailles. Malgré leurs âges – des huiles sur bois pour la plupart –, leurs couleurs étaient étonnamment vives. Peut-être avaient-ils été restaurés, se demanda-t-il. Il prit soin de faire quelques pas de côté, pour ne pas demeurer immobile et ainsi éviter que quelqu'un ne finisse par remarquer sa présence.

Il jeta un coup d'œil à sa montre, encore. Il ne pouvait s'empêcher de la consulter régulièrement. Il avait terriblement peur de rater le moment où il devrait regagner la bulle ; et maintenant il se trouvait à au moins huit heures de trajet de celle-ci. Il devrait se trouver dans la salle de l'accélérateur dans un peu plus de cinquante heures. Sa montre mécanique ayant un cadran de douze heures, la confusion entre le jour et la nuit était possible. Théodore Arenson n'avait pas songé à ce problème, et lui non plus. Il se souvint que les premiers astronautes s'étaient vu offrir des montres mécaniques avec des cadrans à fuseaux de vingt-quatre heures – il lui en faudrait une comme celles-ci pour son prochain voyage.

Il avait décidé de tenter de battre son propre record d'altitude durant le trajet de retour, et il avait prévu de se procurer un altimètre, quelque part dans la capitale.

Même si celui-ci n'était pas accéléré, il fonctionnerait parfaitement.

Pourquoi ne pas m'occuper de ça maintenant, justement, puisqu'il y a un magasin qui vend ce genre d'instruments de mesure un peu plus loin dans la rue, et que je viens de passer devant, justement. Je n'ai juste qu'à revenir sur mes… Enfin, disons plutôt, à y retourner en quelques coups de palmes.

Il s'exécuta.

Il se posa devant le magasin une vingtaine de minutes après cela. Il s'assit sur le trottoir, au milieu des passants qui ne pouvaient évidemment le voir – heureusement, puisqu'il était toujours complètement nu.

Lorsqu'il se releva, il constata qu'une femme était en train de franchir la porte du magasin, et qu'il n'y avait certainement pas assez de place pour qu'il puisse se glisser entre elle et le chambranle. Il ne pouvait rien faire d'autre qu'attendre qu'elle ait parcouru au moins un mètre.

Il y en avait pour une demi-heure, au moins – elle était plutôt âgée.

Il se mit alors à faire les cent pas sur le trottoir, devant la vitrine dans laquelle il avait déjà repéré un altimètre mécanique qui devait certainement être de bonne qualité, étant donné son prix.

Il entra finalement dans le magasin bien plus d'une demi-heure plus tard, en frôlant presque le dos de la vieille dame. Le magasin vendait aussi des lunettes : c'était certainement ce qu'elle était venue y acheter, se dit-il. Il se faufila entre un long comptoir et les étagères de verre de la vitrine, puis il tendit un bras pour saisir l'altimètre aussi délicatement que possible. Le tour était joué. Il n'avait plus qu'à ressortir de la boutique. Les vendeurs ne s'apercevraient pas de la disparition de cet objet avant un bon bout de temps.

Sur le trottoir, il plaça le petit instrument de mesure noir dans son sac à dos, rechaussa ses palmes, puis il prit son envol en direction de la galerie de peintures anciennes.

En reprenant de l'altitude, alors qu'il n'était plus qu'à un peu plus d'une centaine de mètres de la galerie, il remarqua le plus grand *building* de la capitale, sur sa gauche, au loin. Il accomplit un virage à quatre-vingt-dix degrés, et se dirigea droit vers celui-ci en s'élevant encore dans les airs. Il n'était monté qu'une fois au dernier étage de ce *building* de verre et d'acier, il y avait des années, en compagnie de la femme qu'il avait épousée. Il n'y serait jamais allé seul, mais la perspective de pouvoir s'asseoir sur son sommet, à l'air libre, lui parut cette fois plutôt excitante ; ou ironique, plus exactement.

Au bout de deux heures environ, il se posa enfin sur le sommet de la tour, et fut surpris de voir que quelques personnes s'y trouvaient et étaient en train d'admirer le panorama – quelques privilégiés, sans doute, car le public n'avait pas accès à cet endroit, normalement. Il ne serait donc pas seul, ainsi qu'il l'avait cru. Il faudrait qu'il bouge pour ne pas être vu. Il s'en trouva contrarié. Il avait espéré passer une heure ici, assis à deux cents mètres au-dessus du sol, à contempler la ville, lui aussi. Il ne lui serait pas difficile d'effrayer la demi-douzaine de personnes qui se trouvaient ici, au sommet, seulement elles mettraient beaucoup trop de temps à s'enfuir pour que cela en vaille la peine. Il posa ses palmes, puis déambula lentement le long du parapet, scrutant l'horizon en quête d'une nouvelle idée.

Puis une sorte de lassitude mêlée d'agacement gagna son esprit, et il se dit : à quoi bon…

Il vint doucement poser ses avant-bras à plat sur le rebord de la balustrade de verre et d'aluminium, prenant ainsi appui pour se reposer un peu, à un petit mètre d'un couple. Les deux devaient probablement être des collègues de travail venant prendre un peu de repos. De nombreuses entreprises occupaient cette tour.

Il avait choisi le côté *est*, pour tenter de localiser le toit de la maison de l'oncle de Théodore – il ne parvenait pas encore à dire *sa* maison. La tache grise du grand cimetière lui permit de localiser immédiatement la zone qu'il cherchait, mais il lui était impossible de déterminer avec exactitude quelle était la bonne toiture.

Il tourna la tête complètement à droite, vers le couple. L'homme se trouvait au plus près de lui. Il vit que la tête était légèrement tournée vers lui, et qu'elle continuait très lentement sa course dans cette direction, en un mouvement extrêmement fluide. Cet homme avait remarqué, ou senti, sa présence, c'était évident. Il pourrait le regarder dans les yeux dans… disons une paire de minutes, ou à peine plus. Il attendit cet instant.

La tête de l'homme s'immobilisa finalement, tournée complètement vers son visage ; il vit les yeux de ce quadragénaire se plisser très lentement, tandis que sa bouche commençait à s'entrouvrir, presque imperceptiblement.

Il fit des efforts pour demeurer immobile, en regardant l'homme bien droit dans les yeux. Les minutes qui suivirent parurent interminables. Puis il vit le buste de l'homme se redresser, très, très lentement : lui aussi était en appui sur ses deux avant bras contre le bord de la balustrade. Tout en se redressant, l'homme amorça un mouvement du bras. Il comprit alors que ce dernier s'apprêtait à tendre la main vers lui, probablement parce qu'il voulait s'assurer que ce qu'il voyait n'était qu'une illusion.

Mais il ne tenta pas de fuir ; il attendit tranquillement, toujours en regardant l'homme bien droit dans les yeux. La main de l'homme s'éleva finalement dans les airs, en un geste plus lent encore, ainsi qu'il l'avait auguré. L'instant où la main de cet homme effleura son épaule dut se produire trois quarts d'heure après cela ; il en sentit très nettement le contact. Lorsque cela se produisit, les yeux de l'homme s'étaient tant ouverts qu'ils étaient véritablement écarquillés. L'expression du visage n'était pas de la surprise, mais de la crainte. Puis la main se retira, un peu plus vite, et tout le reste du corps amorça un lent et onctueux mouvement de recul. La femme, elle, trop absorbée par la contemplation de la ville au-dessous d'eux, n'avait manifestement rien remarqué durant tout ce temps : ni sa présence, ni même la surprise de son collègue. Ce dernier n'avait pas dû prononcer le moindre mot ; pas encore.

Puis il y eut un moment où il put être tout à fait certain que la hanche droite de l'homme qui reculait toujours, presque imperceptiblement, entra progressivement en contact avec l'épaule gauche de la femme restée en appui sur la balustrade. Elle aussi, commença enfin à tourner lentement sa tête vers lui.

Il attendit encore.

Au-delà et au-dessus d'eux, le ciel était toujours bleu et le soleil n'était pas encore très haut dans le ciel. Celui-ci atteindrait son zénith bien après son retour au *Centre*, dans environ deux mois selon son échelle de temps, et dans trois heures selon celle du monde dans lequel il évoluait.

Lorsqu'il fut certain que la femme l'observait à son tour, il ne vit pas la moindre note de crainte, ni même de surprise, sur son visage, non : c'était plutôt une expression de franche curiosité intriguée qui se formait peu à peu sur cet autre visage. Mais le visage de l'homme, lui, n'avait pas changé, et tout son corps s'était reculé d'encore un bon mètre pendant ce temps-là.

La bouche de l'homme se mit à remuer, lentement ; sans doute celui-ci commençait-il à dire quelque chose à la femme, mais le décalage entre leurs dimensions temporelles respectives devait transformer le son de la voix de cet inconnu en infrasons, tout à fait inaudibles pour lui. Il ne se passerait rien d'intéressant ou de drôle ensuite, se dit-il. Peut-être la femme finirait-elle par tenter de l'effleurer de la main, elle aussi. Et puis viendrait le moment où le couple s'enfuirait, d'ici quelques heures.

Deux heures venaient déjà de s'écouler, juste pour n'observer le début seulement d'une réaction chez un être humain...

À quoi bon. se dit-il.

Il s'accroupit sur le sol et chaussa à nouveau ses palmes, sans se presser. Les yeux de l'homme et de la femme continuaient de regarder un point dans l'espace où son visage ne se trouvait plus depuis déjà près d'une minute. Les deux devaient seulement commencer à réaliser qu'il avait disparu devant leurs yeux. Le temps qu'ils baissent leurs regards pour le voir à nouveau, accroupi sur le sol, il se serait déjà relevé et serait même parti, loin.

Debout, sans ne plus aucunement s'intéresser au couple qui n'en finissait plus d'être surpris, il étudia la balustrade du regard, puis il entreprit de l'escalader pour se tenir en équilibre sur celle-ci. Mais il n'y parvint pas, et fut bien vite forcé de se jeter dans le vide. Il crut que la balustrade se fût légèrement tordue sous la poussée de son pied droit. Il ne put réprimer une certaine appréhension, lorsqu'il se trouva presque à l'horizontale dans le vide, et qu'il vit les gens, deux cents mètres plus bas, pas plus gros que des têtes d'épingles. Il commença tout d'abord à chuter très lentement, presque imperceptiblement, après un temps mort durant lequel il demeura quasiment immobile dans le vide. Puis il commença à battre des jambes, gagna un peu de vitesse, et amorça une lente descente vers le sol. Il se demanda alors si l'homme et la femme le verraient voler dans les airs et s'éloigner d'eux. Il l'espéra, pour que sa blague soit complète.

C'est à cet instant que son esprit changea totalement de sujet : il venait de se trouver un nouveau but. Il amorça un long virage vers sa gauche, jusqu'à ce que son corps se trouvât aligné sur un axe invisible menant à la grande cathédrale. Celle-ci était si imposante qu'il pouvait nettement en distinguer les détails, même depuis cette distance de près de deux kilomètres.

Les sommets des deux énormes beffrois à l'architecture torturée de cet édifice vieux de cinq-cents ans étaient plats, et personne ne se trouvait dessus. Ces endroits n'étaient pas accessibles aux visiteurs : cette fois-ci il en était certain. Il hésita durant un instant, puis choisit de se diriger vers le beffroi qui était le plus près du fleuve qui traversait la ville. Là, il se reposerait un peu et réfléchirait au monde ralenti cinq-cents fois qui l'entourait, seul cette fois-ci.

Le corps penché en appui sur la balustrade de pierre, il contempla à nouveau la ville. Les sommets des deux beffrois n'étaient pas plus hauts de soixante-dix mètres environ, mais c'était bien assez pour jouir d'un bon point de vue. Ici, il se trouvait à l'exact centre de la capitale, et pourtant il ne percevait toujours pas le moindre bruit de vie, seulement ce léger bourdonnement très grave qu'il entendait à peu près partout où il se trouvait, dès qu'il se rapprochait du sol. Il tendit une main vers la droite pour saisir délicatement un pigeon gris en train de se reposer sur la balustrade, lui aussi. L'animal n'esquissa le moindre mouvement de défense ou de fuite : il n'en aurait jamais eu le temps.

Il l'examina avec curiosité, à travers les verres de son masque.

Les pattes et la tête du pigeon commencèrent à bouger en tous sens, plus rapidement que n'avait su le faire l'homme en haut du grand *building* de verre. C'était comme si cet animal vivait à une échelle de temps plus proche de la sienne. La tête et les pattes de l'oiseau se déplaçaient à peu près avec la même rapidité que celle d'un être humain à une échelle de temps normale, et c'était surprenant de le voir. Il sentait bien que le pigeon tentait vainement de se défaire de son étreinte.

Il le reposa alors sur ses pattes, exactement là où il l'avait attrapé quelques secondes plus tôt. Le pigeon ne tarda pas à prendre son envol pour fuir, en battant majestueusement des ailes, au ralenti, ainsi qu'on ne le voyait jamais faire ordinairement. Ce fut un beau spectacle.

Il contempla le fleuve distant d'à peine une centaine de mètres, en contrebas, presque au pied de la cathédrale. Il se sentait bien seul, au milieu de cette effervescence, et, tout à la fois, il réalisait combien était grand son pouvoir sur ce monde qui n'était plus vraiment le sien. Il pouvait voler, sans ailes, ainsi qu'aucun homme n'aurait même jamais osé le rêver, et il pouvait faire tout ce que bon lui semblait sans que personne ne puisse l'en empêcher. C'était une sensation de pouvoir extraordinaire, mais tout à la fois puérile. Il ne pourrait partager ce plaisir avec personne, sauf en paroles, une fois revenu dans l'échelle de temps normale, avec Théodore Arenson.

Il ne put réprimer un sourire de dérision, lorsqu'il se dit qu'il se trouvait exactement dans la même situation que ces héros de bandes dessinées : Superman, Spiderman, le Surfer d'argent et tous les autres. Ses super pouvoirs – car c'en étaient en vérité – l'obligeaient à l'isolement, lui aussi, quoique pour des raisons devant bien moins à la discrétion ou à des considérations tortueuses qu'à de réelles contraintes physiques. Mais il ne pouvait pas arrêter de bandits ; ceux-ci se déplaçaient bien trop lentement pour que leur attitude lui semble suspecte.

Il ne trouvait rien à faire, ou plutôt il y avait trop de choses à faire, mais elles lui semblaient toutes insignifiantes. Passer des heures à regarder des gouttes tomber dans un verre d'eau, ralenties cinq-cents fois, ou observer le vol des oiseaux pour en analyser les mouvements, mais… il avait déjà vu tout cela lors d'émissions télévisées scientifiques, et sur des vidéos publiées sur *Youtube*. Hormis des expériences de chimie à réaliser chez lui, Théodore Arenson ne lui avait confié aucune tâche plus physique, et il ne pouvait plus faire de blagues non plus. Il sentait cependant qu'il y avait quelque chose d'intéressant à voir où à faire dans ce monde presque arrêté, et qu'il finirait par le découvrir.

Une autre pensée surgit alors dans son esprit : il réalisait seulement maintenant que le couple n'avait pu voir son visage, puisqu'il portait son masque de caoutchouc. Il comprit alors pourquoi cet homme avait paru si effrayé. Cela faisait maintenant tellement longtemps qu'il le portait, qu'il l'avait même oublié…

Il prit conscience que la fatigue et l'envie de dormir le gagnaient à nouveau. Il se tourna vers la tache grise du grand cimetière, vers le nord-est : depuis cette hauteur moindre, il la distinguait à peine. Il monta sur la balustrade de pierres pluricentenaires, et prit son envol en direction de la tache.

Il regarda sa montre. Cette fois il avait dormi durant huit bonnes heures *accellérées*. Cela faisait maintenant un peu plus de vingt-huit heures qu'il avait quitté la bulle de l'accélérateur. Il était mort de soif, et il se souvint qu'il ne lui restait plus qu'un quart de bouteille d'eau *accélérée*. Il se leva du lit, et alla chercher son sac à dos qu'il avait posé au pied du petit bureau de bois. Il finit la bouteille, et songea avec dégoût qu'il lui faudrait désormais boire de l'eau *non accélérée*. Il mourrait d'envie de boire une grande tasse de café bien chaud : mais ça non plus, ce n'était pas possible. Il se rendit dans la cuisine, et là, sans gourmandise aucune, il mangea la moitié d'un paquet de chips. Puis il prit une cannette de *Coca-Cola* dans le réfrigérateur, et l'ouvrit en se disant que le goût et la fraîcheur de ce liquide seraient toujours mieux que celui de l'eau plate, quitte à être contraint de boire quelque chose d'aussi épais.

Lorsqu'il se sentit un peu mieux, il entreprit de finir les expériences chimiques.

CHAPITRE

V

INCIDENT DE PARCOURS

— Ennuyé !? Mais… comment ? Pourquoi ?

— …Je comprends que ce ne soit pas facile à admettre, mais… mettez-vous un instant à ma place, Théodore… Je ne peux pas interagir avec les gens ; et puis je leur fais peur, de toute manière. Je dois donc veiller à ne pas être vu, ni faire des choses amusantes à moins de créer une panique. J'ai passé mon temps à dormir et à voler au-dessus de la capitale, et c'est à peu près tout, hormis les expériences de chimie.

Il s'interrompit et regarda Théodore Arenson qui était assis en face de lui, de l'autre côté de la table. Ils étaient en train de dîner dans l'immense salon salle à manger de *sa* nouvelle maison. Il était prévu cette fois que le docteur dormirait dans une chambre d'amis du premier étage. Théodore Arenson avait planifié l'expérience un vendredi matin, pour qu'il puisse lui raconter son voyage durant le week-end.

— Nous y penserons pour le prochain voyage, Robert. Nous trouverons forcément des idées de choses intéressantes ou amusantes à faire, hormis les expériences que j'ai prévues. Mais cela me surprend vraiment que vous vous soyez ennuyé…

— J'imagine que ce serait la même chose sur la lune, ou sur la planète Mars, Théodore. Après avoir bien vu le paysage et effectué des prélèvements, on doit rapidement s'y ennuyer aussi – en bien pire, d'ailleurs, puisqu'il n'y a rien ni personne, là bas.

— Oui… Oui, peut-être. répondit le docteur, en regardant un point de la table vers sa gauche, songeur.

— Mais le voyage de retour a été fantastique, tout de même. s'empressa-t-il de rectifier en voyant la mine déconfite du vieil homme.

— Et bien, commencez par me raconter cela en détail, alors. reprit son ami, tout en tournant de nouveau la tête vers lui.

— Oui, mais, votre soupe de poisson va être froide. Mangez, Théodore, pendant que je raconte.

— Et vous… ? répondit l'homme en désignant son bol du regard.

— Oh, ne vous en faites pas pour moi. Je n'ai pas pu résister. Quand je suis rentré, j'ai mangé deux pizzas, tellement j'avais faim. Je ferai réchauffer ma soupe aux micro-ondes, si nécessaire.

— Bon, bon… Et bien alors, allez-y. Je vous écoute.

— Il me faut tout d'abord vous dire que j'ai essayé d'aller le plus haut possible. Je me suis procuré un altimètre mécanique dans une boutique du centre-ville, à la capitale…

— …Vous l'avez volé, je présume ? l'interrompit le docteur sur un ton de reproche, entre deux cuillérées.

— Eh bien oui, je l'ai volé, en effet. Ils ne vont pas

fermer la boutique pour ça ; et j'ai été très discret. Je n'ai absolument pas semé la panique dans la boutique. Ils croiront qu'un voleur l'a pris, et ça doit leur arriver assez fréquemment, à mon avis.

Le docteur ne répondit pas, ni ne leva les yeux de son bol de soupe. Mais il demanda tout de même :

— Bon, et alors… quelle altitude avez-vous pu atteindre ?

— 10 760 mètres.

— …Je vous demande pardon ?

— 10 760 mètres, Théodore.

— Mais… on ne peut pas respirer, à cette hauteur…

— Je respirais mieux, au contraire, et sans avoir besoin de porter le masque. Je l'ai retiré à partir d'environ sept mille mètres. Je commençais à manquer d'air, en effet. Mais sans le masque, l'air devient tout à fait respirable, tant il se raréfie à cette altitude.

— Ah oui… c'est vrai. répondit Théodore Arenson, hilare. Je n'y avais pas songé…

L'homme s'interrompit durant une seconde, en regardant encore vers la gauche de la table, puis il ramena son regard vers celui de Robert Haas et demanda :

— Et j'en déduis qu'à 10 760 mètres il n'y en avait plus assez, enfin ?

— Oui, d'une part ; et puis d'autre part, je ne parvenais plus à m'élever plus haut. Mes jambes rencontraient beaucoup moins de résistance, et pour cause ; l'air n'était plus assez dense pour pouvoir me propulser et me porter. Je devais battre constamment des jambes pour ne pas perdre d'altitude. Il y a eu un moment où j'ai été contraint de renoncer et de me laisser retomber. À cette hauteur, on chute beaucoup plus rapidement, apparemment. Les choses commencent à redevenir… enfin… disons… normales, à partir d'environ… six à sept mille mètres d'altitude, je dirais ; peut-être un peu moins.

— Six à sept mille… Ah oui. Et oui… observa le docteur, ahuri.

— Mais, vous auriez dû voir ça, Théodore. C'était fantastique. À ces altitudes, le ciel devient bleu nuit, un bleu splendide, très profond, très sombre, et on peut même voir des étoiles en plein jour.

— Eh oui… eh oui. commenta encore le docteur, avec une expression mêlée d'envie et d'émerveillement. Puis ce dernier demanda : Mais, vous deviez commencer à avoir froid, aussi… en costume d'Adam, là haut, tout de même ?

— Oui, en effet. J'ai eu froid pour la première fois lorsque j'ai atteint… Enfin, je ne sais plus. C'est difficile à dire. Je pense que je n'en ai pas eu conscience tout de suite. Le froid a dû vraiment se manifester aux environs de sept ou huit mille mètres d'altitude, je pense.

— Ah oui… ? Comme c'est intéressant. Vers sept ou huit mille ?

— Je crois que ça doit être à peu près cela, oui. J'avais accroché l'altimètre autour de mon coup par sa sangle, et je jetais régulièrement un coup d'œil dessus, vous pensez bien.

— Je l'imagine, oui.

— Mais, à cette altitude, la vue est fantastique. Je n'en jurerai pas, mais… il m'a semblé distinguer la courbure de la Terre.

— Ah oui ? À dix kilomètres d'altitude, seulement ? Non…

— Je ne peux en être sûr, Théodore. C'est juste ce qu'il m'a semblé.

Il était devenu pensif, lui aussi, tout en parlant. Il était en train de revoir en songe ce qu'il décrivait. Il se reprit, le regard toujours dans le vague cependant :

— Vous savez… Ce qui est formidable, c'est que l'on peut se désaltérer dans le ciel.

— Qu'est-ce que vous voulez dire ?

— Eh bien. Il suffit de traverser des nuages. Là, dans cette brume très épaisse et moite, je dévisse le filtre de mon masque et j'entrouvre très légèrement la bouche, et là… une sensation humide accompagne instantanément l'air… Et là, sans avoir conscience de boire, et bien je me désaltère. C'est bien mieux que de boire de l'eau *non accélérée…*

— Ah… grand Dieu ! C'est une merveilleuse idée… Je ne n'y avais pas songé non plus. s'emporta soudainement Théodore Arenson, comme s'il venait de faire une grande découverte.

— Oh, ce n'était pas une idée. C'est arrivé un peu par accident, durant le voyage d'aller. J'ai juste voulu traverser un nuage à basse altitude, pour m'amuser ; et puis j'ai très vite compris que je pourrais avaler de l'eau en micro gouttelettes si j'ôtais le filtre. ...et c'est exactement ce qui s'est produit.

Il s'interrompit à nouveau, durant une fraction de seconde, et ajouta :

— C'est pourquoi je pense que si on mange bien avant d'effectuer un vol, on peut alors voyager pendant pas mal de temps, en se désaltérant dans les nuages.

— En se désaltérant dans les nuages... fit écho le vieil homme, d'une voix monocorde. Oh, là, vous me bluffez, Robert.

Il lâcha un petit rire amusé, en voyant le docteur le regarder comme s'il était un extra-terrestre – ce qu'il avait pratiquement été, en vérité.

— Bien, je vais aller chercher la pizza. Vous n'en avez encore pas mangé, vous.

— Décidemment, vous n'arrivez pas à vous en lasser. dit Théodore Arenson sur un ton ironique.

— Vous allez voir, Théodore. Celle-ci c'est autre chose que de la pizza ordinaire. C'est une *pan-pizza* au *pepperoni* que j'ai commandée dans un restaurant spécialisé. C'est délicieux.

— Bien, bien. Je vais vous aider à débarrasser.

— Comme vous voudrez, Théodore. Merci. Il y aura de la glace, au dessert.

— À cette saison... ? Quelle idée.

— Oh, désolé. J'avais cru que vous aimeriez.

— J'aime bien la glace, oui. Mais ce n'est pas vraiment un dessert d'hiver.

— On est presque au printemps.

Le docteur étouffa un petit rire condescendant,

tandis qu'ils pénétrèrent l'un derrière l'autre dans la cuisine. Puis il l'entendit encore, derrière lui, lui demander sur un ton inquiet :

— Vous boitez, Robert ? Qu'est-ce qu'il vous arrive ?

— Je ne sais pas. J'ai un peu mal dans un pied. Ça a l'air d'être dans les os. Je pense que c'est arrivé en poussant sur mes jambes, en prenant mon envol…

— …Sur le *4x4* d'un employé du *Centre*, je présume. répondit le docteur sur un ton navré. J'en ai entendu parler avant de partir, ce soir. Le directeur administratif du *Centre* a appelé la police pour porter plainte ; le *4x4* est à lui. Il l'a retrouvé sur le parking avec le bord du toit et le haut de la portière passager enfoncés. Il croit que quelqu'un a réussi à s'introduire sur le parking pour vandaliser sa voiture.

Robert Haas rit, et dit :

— Oui, je suis vraiment désolé. Je ne l'ai vraiment pas fait exprès. En voulant essayer les grandes palmes, j'ai voulu m'élancer depuis une hauteur ; et je n'ai trouvé que ce *4x4* à proximité. J'ai bien senti le bord du toit s'enfoncer sous la poussée de mes jambes, en effet, quoique je n'en aie pas été certain, sur l'instant. Ça me paraissait tellement absurde : un gros *4x4* bien costaud comme celui-là… J'ai cru que ce n'était qu'une impression.

— Eh bien non. Vous avez sacrément arrangé la voiture de ce type. On dirait que quelqu'un a mis des coups de masse sur le bord du toit. Ah, vous l'auriez entendu hurler, le directeur administratif !

Puis le docteur Arenson ajouta, d'une voix plus basse :

— Bon, je ne me sens pas vraiment le cœur de le plaindre ; ce type est un vrai con, remarquez. Mais, ça a fait un incident de plus. C'est cela qui me dérange…

— Ça n'arrivera plus. Les palmes courtes sont mieux.

— Vous auriez peut-être pu atteindre une altitude plus grande, avec les longues ?

— C'est possible, mais je n'en suis pas certain, vu le faible écart de performance que j'ai pu constater.

— Mais depuis combien de temps avez-vous mal ? se reprit le docteur qui n'avait pas perdu le fil de sa pensée.

— Je ne sais pas exactement. Je pense que ça a commencé tout à l'heure. Dans l'après-midi…

— …Et pas avant ?

— Non. Pas durant le voyage, en tout cas. Ça, j'en suis certain. Mon esprit devait être trop occupé pour m'attarder sur ce petit bobo.

— Oui, et bien moi je ne plaisante pas avec les petits bobos de ce genre, Robert. Dès lundi, vous irez chez votre médecin habituel, et vous lui demanderez qu'il vous fasse une ordonnance pour aller passer une radio. Vous m'apporterez cette radio aussitôt après. Il n'est pas question que je vous laisse repartir dans l'accélérateur tant que vous aurez le moindre « bobo », comme vous dites.

— Oh, ce sera certainement terminé avant le prochain voyage…

— …Peut-être, mais je veux voir une radio de ça le plus tôt possible. Pas de radio, pas de voyage temporel, Robert.

— Très bien, très bien ; vous aurez votre radio lundi soir, ou peut-être mardi si je n'arrive pas à obtenir un rendez-vous tout de suite.

— Je compte sur vous, Robert. Maintenant que vous êtes mon employé, vous n'avez plus que ça à faire.

— À propos, Théodore…

— …Oui.

— Croyez-vous qu'il soit possible d'améliorer le masque ? Je veux dire ; est-ce que votre fournisseur ne pourrait pas en étudier une version plus confortable. J'ai dû dormir avec, évidemment, et c'est épouvantable à porter.

— Oui, je comprends. Ce ne doit pas être drôle, en effet. Et bien je vais rapidement me pencher sur le problème, pour que vous puissiez partir avec quelque chose de plus élaboré, la prochaine fois.

— Merci.

— Et alors, justement, redemanda le docteur, tandis qu'il était en train de découper la pizza qu'il venait de sortir du four, comment s'est passé votre sommeil ?

— Épouvantable, la première fois. Après, la fatigue était telle que je n'ai pas eu à faire d'effort pour dormir de longues heures. Et puis j'ai compris le truc. Il ne faut surtout pas aller se coucher juste après avoir accompli un vol…

— Ah bon… ?

— Eh oui. Dès que vous fermez les yeux, c'est comme si vous continuiez à voler. C'est épouvantable. Ça donne envie de vomir, exactement comme lorsqu'on a trop bu. Et puis le masque n'arrange rien. J'ai eu peur de dormir sans.

— Ah oui, ah oui… C'est bien possible en effet. Je comprends.

Le restant de la soirée fut évidemment consacré au récit de son périple. Théodore Arenson le harcela de questions. Le scientifique buvait ses paroles tandis que son visage affichait l'illumination joyeuse d'un enfant. Toute la journée du lendemain fut identique, et le dimanche aussi. Il avait attrapé un mal de gorge, tant il avait parlé, répondu à toutes les questions de Théodore Arenson, décrit les moindres détails.

Théodore Arenson revint manger à la maison le lundi soir ; les radios de son pied droit qu'il avait passé dans l'après-midi avaient été le prétexte de sa visite.

— Montrez-moi ça. demanda le docteur, tandis qu'il revint de sa chambre avec la grande enveloppe bleue à la main. Ils s'installèrent autour du grand plan de travail de la cuisine, assis sur des tabourets, car la lumière des lampes halogènes y était plus vive. Le docteur ouvrit l'enveloppe, en extrait les deux planches de plastique souple et les éleva l'une après l'autre vers la lumière. Puis il demanda, la tête toujours relevée en arrière et en réajustant ses lunettes rondes à fines montures de métal :

— Vous les avez montrées à votre médecin ?

— Non, je ne suis pas retourné le voir après. Et puis le temps que j'arrive chez lui, son cabinet aurait été fermé. Je ne suis sorti du centre médical qu'à cinq heures et demie ; et le temps de retourner là-bas, dans la banlieue, avec la circulation à cette heure…

— Vous devriez changer de médecin traitant, pour en trouver un à côté de chez vous, maintenant que vous avez emménagé à la capitale.

— Oui, oui, je vais m'en occuper dès demain, justement. J'y avais songé.

Il y eut un silence, puis le docteur dit, tout en continuant à examiner les radios avec intérêt :

— Je ne suis pas médecin, mais… c'est comme… On dirait que vous avez des petites failles sur deux de vos métatarses. Mais, il faudrait voir avec un médecin.

— Comment ça ? demanda-t-il, intrigué par l'attitude anormalement concentrée du vieil homme.

— Je ne sais pas. Je n'en suis pas certain. J'ai peut-être dit une bêtise, remarquez. Encore une fois, je ne suis pas médecin. Je vais vous prendre ces radios, Robert, et je les montrerai à mon collègue médecin du *Centre*.

— Pas de problème. Je suppose qu'il est très qualifié, pour être affecté au *Centre*.

— Oh, oui… répondit Théodore Arenson, sur un ton admiratif.

***

Son téléphone sonna dans l'après-midi, peu après qu'il eut fini de prendre son repas. C'était évidemment Théodore Arenson.

— Robert… ? Comment vous portez-vous ? Comment va votre pied ?

— Bonjour, Théodore. Oh, c'est pareil. J'ai toujours mal, mais ni plus ni moins qu'hier – c'est pareil. Mais…

— …Il faudrait que vous retourniez passer des examens, Robert. Je suis désolé, mais… mon ami le médecin du *Centre* a été intrigué par vos radios, et il voudrait juste vérifier quelque chose. Il se trouve que mes soupçons étaient fondés : vous avez des petites fractures à deux de vos métatarses.

— Des fractures !?

— Oh, rien de grave, rien de grave, Robert. Vos os ne sont pas cassés en deux. Ça n'a rien à voir avec… Il s'agit juste de quelque chose d'un peu inhabituel à votre âge, que l'on appelle des « fractures de fatigue ».

— Des fractures de fatigue ? Qu'est-ce que c'est ? Je n'en ai jamais entendu parler…

— Mais c'est bien normal, répondit la voix au téléphone sur un ton qui se voulait à la fois plus chaleureux et rassurant. On n'attrape pas de fractures de fatigue à votre âge, en principe, mais… il faut tout de même que vous vous soumettiez à quelques analyses pour en déterminer la cause exacte…

— …Mais, nous la connaissons, la cause exacte !

J'ai défoncé le toit du *4x4* de votre collègue en m'élançant dans les airs, et puis peut-être une rambarde sur la grande tour de la ville, je pense.

Il y eut un silence au bout du fil. Puis le docteur reprit, sur un ton chargé de reproche :

— Élancer dans les airs ? De quoi êtes-vous en train de parler, Robert ? Je ne vous suis pas très bien.

Il comprit instantanément que le docteur craignait que quelqu'un n'écoute leur communication.

— Bon, c'était une manière de parler, Théodore. Alors, venons-en au fait. Que dois-je faire ?

— Pas grand-chose, rassurez-vous. Juste un examen d'urine. Venez jusqu'au *Centre* cet après-midi. Vous irez à l'accueil – je ne pourrai pas vous accueillir, nous avons une délégation scientifique étrangère en visite et c'est moi qui dois faire les présentations, bien évidemment. Vous demanderez à la jeune fille de l'accueil une ordonnance au nom de Robert Haas. C'est le médecin du *Centre* qui l'a rédigée pour vous à ma demande. Après ça, vous irez dans un laboratoire d'analyses avec votre ordonnance pour qu'il fasse cet examen. Vous me repasserez un coup de fil dès que vous aurez la feuille de résultat en main. C'est d'accord ?

— C'est d'accord, Théodore.

— Bon, et bien alors à bientôt. J'attends votre coup de fil.

— À bientôt.

La communication fut interrompue. Il effectua une pression sur l'écran tactile du téléphone, et le reposa sur un meuble de cuisine, intrigué.

La voix du docteur avait encore changé, durant les dernières phrases qu'il avait prononcées. On eut dit qu'il était stressé, presque affolé, même. Était-ce à cause de lui, ou de cette délégation étrangère dont il devait s'occuper ? Du coup, cette communication l'avait stressé, lui aussi.

Il releva les yeux vers la fenêtre de la cuisine. Quelques branches masquaient partiellement la vue du dehors, mais on pouvait voir quelques balcons du grand immeuble moderne, au-dessus du mur d'enceinte qui était haut de plus de deux mètres, derrière la maison. Il y avait un beau soleil. Il était en train de se demander ce qu'il allait préparer pour le déjeuner, lorsque le téléphone avait sonné. Il était près de midi.

Peut-on manger ou pas, avant de se soumettre à des examens d'urine ? Oh, quelle poisse. Il ne vaudrait mieux pas, probablement. Bon, je vais partir tout de suite au *Centre*. Plus vite ce sera réglé, plus vite je serais débarrassé.

***

Théodore Arenson avait préféré organiser ce repas dans un restaurant de la banlieue, parce que le médecin du *Centre* n'habitait pas dans la capitale, lui non plus. Le docteur avait choisi un restaurant thaïlandais qui avait excellente réputation dans les environs. Théodore, le médecin du *Centre* et lui, devaient s'y retrouver à huit heures du soir. Il avait apporté sa feuille d'examens d'urine deux jours auparavant.

Quoique le style, la taille et la décoration de ce restaurant fussent sans grande prétention, celui-ci était néanmoins avantageusement situé sur la berge d'un petit lac artificiel, dans une ville de banlieue connue pour être habitée par une proportion inhabituellement importante d'immigrants d'Asie du Sud-est, justement. On était ici à plus d'une vingtaine de kilomètres à l'est de la capitale.

La nuit était tombée depuis un bon bout de temps déjà, lorsqu'il vit la bâtisse construite sur pilotis et isolée de tout, entre la fin d'une petite citée dortoir et le début d'une autre ayant meilleure allure. Toutes les constructions alentour semblaient être assez récentes. Théodore lui avait recommandé de venir en voiture : la gare de banlieue la plus proche était à deux ou trois bons kilomètres de la berge de ce lac.

Il repéra immédiatement Théodore Arenson, assis en face d'un homme en chemise blanche qui devait avoir à peu près son âge, mais qui était de plus forte corpulence que son ami, à une petite table du fond placée près d'une large vitre donnant sur l'eau du lac. Il n'y avait pas beaucoup de clients ; on était en semaine. Le mince serveur asiatique sans âge se fendit d'un large sourire, et l'escorta jusqu'à la table.

— Bonsoir, Robert.

Le visage du docteur était souriant, et le ton de la voix était enthousiaste. Celui-ci poursuivit, après une pause et tandis que son compagnon et lui se levaient poliment de table :

— Je vous présente Thomas Stein, notre médecin

en chef, au *Centre*, dont je vous ai déjà souvent parlé.

— Oh, j'ignorais être connu au-delà des murs du Centre de Recherches en Physique fondamentale, plaisanta le sexagénaire tout en détaillant les traits du visage de Robert Haas avec curiosité.

Robert Haas ne sut quoi répondre et se contenta de tendre la main à cet homme, tout en lui rendant un sourire qui, l'estima-t-il, ne devait pas être très convaincant de sincérité. Son esprit était bien trop préoccupé par le mystère que constituait cette rencontre faussement présentée comme informelle. Si Théodore Arenson ne s'était pas limité à lui communiquer ce que disaient les résultats de son analyse d'urine, c'est qu'il devait forcément y avoir une bonne raison pour cela. Pourquoi avoir organisé ce dîner avec ce médecin qu'il ne connaissait pas, sinon ?

— J'espère ne pas m'être fait attendre, demanda-t-il courtoisement aux deux hommes. Vous êtes ici depuis longtemps ?

— Oh, vous n'avez aucune raison de vous en faire, Robert, lui répondit le docteur. Nous, nous habitons tout près d'ici et nous sommes venus ensemble assez en avance. C'est vous qui êtes ponctuel, comme toujours. Mais, asseyez-vous, asseyez-vous ; je vous en prie, Robert…

Il prit place en face du médecin, sur la chaise de bois verni rouge sombre à motifs chinois que lui désigna Théodore Arenson. Dans le même temps, il observa discrètement, de sa vision périphérique, le sourire du médecin – ce dernier était bien trop courtois pour être réellement enthousiaste.

— Vous n'avez pas eu d'embouteillages ? hasarda cet homme arborant une barbichette blanche presque identique à celle de Théodore Arenson. Ses cheveux encore poivre et sel étaient frisés et commençaient à largement battre en retraite du front ; ses lunettes à monture noire avaient des verres si épais que les yeux ressemblaient à deux petites billes noires. C'était une véritable caricature, non pas de médecin, mais de scientifique d'une autre époque.

— Non, ça c'est plutôt bien passé. Je n'ai mis qu'un peu plus d'une demi-heure pour arriver jusqu'ici, depuis le centre de la capitale.

L'homme baissa les yeux vers son petit verre d'apéritif au litchi, tout en faisant tourner celui-ci entre deux doigts sur la nappe de papier blanc, puis il dit :

— Oui… alors, peut-être pourrions-nous en venir au fait, je pense. Nous aurons tout le temps de faire connaissance ensuite. Théodore se fait un peu de soucis pour vous, et il m'a transmis les radios de votre pied et les résultats de vos analyses d'urine.

Il ne répondit rien. Il regardait l'homme avec intensité. Théodore aussi, avait les yeux baissés vers son verre du même apéritif, probablement « offert par la maison ». Le serveur était justement de retour avec un troisième verre, identique, pompeusement posé sur un petit plateau laqué rouge. Théodore l'avait préalablement prévenu que ce médecin ignorait tout de leurs expériences avec l'accélérateur. Il devait donc se montrer prudent dans ses déclarations.

— Ça vous est arrivé en quelle occasion, cette douleur ? demanda le docteur Stein.

Il réfléchit un instant, puis répondit :

— Et bien… la douleur n'est pas arrivée tout de suite. Mais je pense que c'est à la suite d'une chute dans l'escalier, chez moi. En fait, je ne suis pas tombé, mais je me suis violemment rattrapé sur un pied pour ne pas chuter, justement. Il avait donné une version des faits qui correspondait, selon lui, à un effort similaire à celui qu'il avait fourni pour sauter dans les airs depuis le toit du *4x4*.

— Et vous n'avez ressenti aucune douleur avant ? Je veux dire, à votre pied, ou ailleurs ?

La question l'intrigua plus encore.

— Non. Non… Je n'ai jamais eu mal nulle part avant cela. Ça a commencé… ce samedi dernier, je crois, ou… peut-être plutôt dimanche.

C'est au moment où il était sur le point de demander à son tour en quoi sa douleur au pied devait-elle être assez préoccupante pour que cela justifie ces airs embarrassés et ces entrechats, que le docteur Stein reprit, mais en levant ses deux épais verres de lunettes vers lui cette fois :

— Avez-vous des problèmes dentaires, Monsieur Haas… ou plutôt, en avez-vous eu dernièrement ?

— Des problèmes dentaires ? Non… Tout va bien de ce côté-là aussi. Rien à signaler ? Vraiment rien.

— Ah… répondit l'homme, tandis que l'expression de son visage changea encore pour de la perplexité.

— Pourriez-vous me dire à quoi vous songez ? put-il enfin hasarder sur un ton dans lequel les deux hommes durent certainement discerner son anxiété.

Ce fut Théodore Arenson qui répondit le premier :

— Robert, Thomas a trouvé un point commun entre vos deux fractures de fatigue et les résultats de vos analyses d'urine, et… nous avons quelques bonnes raisons de nous inquiéter de votre santé au vu de tout cela, parce que… Enfin, Thomas… après tout vous êtes plus qualifié que moi pour dire à Robert ce que vous m'avez expliqué ce matin.

— Oui, oui. Monsieur Haas – puis-je vous appeler Robert, ce sera plus simple, je pense ?

— Mais bien sûr, Thomas, je vous en prie.

— Bon, et bien alors voilà : vos analyses mettent en évidence une quantité anormalement élevée de pyrophosphate inorganique, et c'est la même chose pour une éthanolamine – un composé chimique organique – appelé du nom un peu barbare de phosphorylethanolamine.

— …Ce qui signifierait ? demanda-t-il.

— Il m'est difficile de me prononcer catégoriquement, Robert. C'est bien là le problème. Je ne peux que constater ces faits étranges en attendant d'en savoir plus ; et que vous répondiez à quelques questions. Parce qu'en théorie, et au vu de ce que vous venez déjà de me dire, il est absolument impossible de trouver de telles quantités de pyrophosphate et de phosphorylethanolamine dans vos urines, comprenez-vous ? Et vos fractures sont non moins étranges, car…

En vérité, je ne crois pas que le fait de vous être rattrapé de justesse sur un pied dans un escalier soit la seule cause de vos deux fractures de métatarses. Il y a quelque chose d'autre, mais, normalement… c'est impossible.

— Comment cela ? Qu'est-ce que cela voudrait dire si c'était possible, alors ?

— Et bien, il n'existe qu'un seul mal qui corresponde exactement à vos symptômes, et il est assez rare. Il s'agit d'une maladie des os plus communément rencontrée chez le nouveau-né, parce qu'elle est d'origine génétique. Vos parents ont-ils eu des problèmes de santé particuliers, ou inhabituels ?

— Mes parents sont décédés tous les deux le même jour d'un accident de voiture : c'était il y a seize ans. Non, ils allaient très bien avant cela.

— Oh, je suis vraiment désolé. Vos deux parents le même jour, tout d'un coup, comme ça…? Ça a dû être une terrible épreuve ?

— Et bien… ça l'est toujours, en fait. Je ne m'en suis jamais vraiment remis.

— Je peux comprendre ça, et je compatis, Robert. …Des frères et sœurs ?

— Non, je suis fils unique.

— Ah oui, ah oui. Dommage.

— Pourquoi, « dommage », si je puis me permettre ?

— Et bien parce que ce que vous avez l'air d'avoir – et si vous l'avez, je me garderai bien de me prononcer définitivement à ce stade – pourrait dans ce cas être trouvé chez un frère ou une sœur aussi. Mais… nous n'apprendrons donc rien de ce côté-là, donc. Dites-moi… n'avez-vous jamais entendu parler de quelqu'un qui aurait déjà souffert d'une maladie des os, dans votre famille ?

— Une maladie des os ? Ah non. Pas que je sache. Ça ne me dit vraiment rien.

— Ah, c'est décidément bizarre. répondit le docteur Stein, comme s'il pensait à haute voix, et en détournant maintenant son regard vers le coin droit de la table, ou peut-être plutôt vers l'épaisse moquette rouge.

Théodore Arenson avait maintenant les yeux fixés sur l'animation à l'effet hypnotiques d'un grand cadre doré accroché à un mur, dont la photographie illuminée par derrière représentait une chute d'eau animée par le fait d'un mécanisme inconnu et caché – l'objet prétendument décoratif était d'un kitsch difficile à égaler, mais il avait pour lui d'être aussi exotique que le reste du décor.

— Voyez-vous, Robert, reprit le docteur Stein en se tournant à nouveau vers lui, les apparences suggèrent que vous êtes atteint d'une maladie des os assez rare, appelée « hypophosphatasie », pour tout vous dire… Mais le problème, c'est que cela s'hérite, le plus souvent. Mais elle existe sous six formes, dont seulement deux se produisent chez l'adulte et les personnes âgées. L'hypophosphatasie se caractérise par une fragilité osseuse anormale, ce qui semble être votre cas, au vu du type de fractures que vous avez. Je ne vais pas me lancer dans des explications scientifiques et ennuyeuses, que même Théodore ne comprendrait pas, mais, pour faire simple et explicite, cette maladie est due à des mutations d'un gène appelé ALPL. La raison d'être de ce gène est de coder une enzyme, laquelle joue un rôle crucial dans la minéralisation osseuse. Il y avait entre 25 et 50 pour cent de risques pour que cette déficience vous ait été transmise par vos parents ; mais ce n'est manifestement pas le cas. Il arrive que cette maladie rare apparaisse spontanément chez l'adulte, mais dans ce cas, celle-ci est généralement précédée de signes tels que des pertes de dents. C'est pour cette raison que je vous ai demandé si vous n'aviez pas eu de problèmes dentaires, récemment. Et – apparemment – vous n'en avez toujours pas ?

— Non, non. Je n'ai pas de très bonnes dents, il faut dire, mais elles tiennent encore bon, pour l'instant.

— Bien, répondit le docteur Stein, apparemment de plus en plus perplexe, dans ce cas, il faudrait que vous parliez de tout cela à votre médecin traitant. Je vous ferai parvenir un petit mot que vous lui transmettrez ; il comprendra. Je vais lui suggérer qu'il vous fasse passer quelques examens complémentaires.

— De quel ordre ? demanda Robert Haas de plus en plus inquiet.

— D'autres radios. Mais de vos fémurs, à la jonction entre votre bassin et vos fémurs, et aussi de la colonne vertébrale. ...Vous n'avez jamais eu de douleurs en ces autres endroits, par hasard, non ?

— Non, jamais.

— Bon. Nous allons tout de même jeter un coup d'œil là-dessus.

— Mais, tout de même… demanda-t-il alors.

— …Oui, je vous écoute. Vous voulez savoir si c'est grave, je suppose ? l'interrompit le docteur Stein.

— C'est bien cela, oui.

Le docteur Stein parut réfléchir, adressa un bref regard à Théodore Arenson, puis répondit en se tournant à nouveau vers lui et en le regardant cette fois-ci bien droit dans les yeux :

— Et bien, je vais être franc avec vous, hein. Tout d'abord, je ne peux pas définitivement confirmer que vous avez une hypophosphatasie. Mais si ce devait être le cas, alors il n'existe à l'heure actuelle que des traitements palliatifs. On n'en guérit malheureusement pas définitivement. Les traitements palliatifs auxquels je fais allusion consistent à maintenir artificiellement un équilibre en calcium dans votre organisme, à veiller à demeurer actif physiquement, et, avec le temps et l'évolution de la maladie, à des soins dentaires réguliers, en fonctions des nécessités.

— Vous voulez dire que je risque de perdre mes dents ?

— Ça fait partie des inconvénients, oui, si vous avez bien une hypophosphatasie. Et puis vos os risquent de se fragiliser rapidement, à partir de ce premier symptôme ; particulièrement les cols du fémur. Il est également possible que vous souffriez de douleurs articulaires.

Il demanda alors, incrédule :

— Mais qu'est-ce qui pourrait être la cause de ce mal ? Comment aurai-je pu l'attraper si… génétiquement… ?

— Cette maladie est invariablement due à une déficience génétique. Il ne s'agit pas de quelque chose qui s'attrape, comprenez-vous ? Mais ce qui m'intrigue dans votre cas, c'est que cela se produise aussi subitement et aussi, disons, violemment, en l'absence de tous les signes précurseurs habituels.

Robert Haas baissa les yeux vers son apéritif, réfléchit encore un instant à comment il allait poser sa question, puis demanda encore au docteur Stein :

— Vous dites que c'est génétique…

— …Oui.

— Alors dans ce cas – pardonnez-moi si ma question vous semble quelque peu absurde – croyez-vous possible que… qu'une altération génétique soit possible en cours de route ? Enfin je veux dire, pas au moment de la naissance… héréditaire, mais… plutôt…

— …Je vois très bien ce que vous voulez dire, mais… pourquoi une telle question ?

La panique le gagna. Ce qu'il avait craint s'était finalement produit. Il ne pouvait guère que formuler une réponse idiote.

— Et bien… je ne sais pas. Comme il semble que je n'ai pu tenir cela de mes parents, alors…

— Oui, je comprends. C'est vrai que quoi qu'il n'y ait que 25 à 50 pour cent de risques pour que cela vienne de vos parents, en principe, si vous l'avez, alors l'un d'eux aurait dû l'avoir aussi. Mais… maintenant, peut-être sont-ils décédés dans cet accident de voiture juste avant que la maladie ne se manifeste. C'est une possibilité qui expliquerait cela. Non, ça ne s'attrape pas « en cours de route », comme vous dites. Vous n'avez pu l'avoir qu'à la naissance, et elle vient de se manifester seulement maintenant. Théodore vient justement de me poser la même question avant que vous arriviez.

Le docteur Stein se tourna alors vers Théodore Arenson, et demanda, avec un air dont on ne pouvait dire s'il était juste intrigué, ou franchement inquisiteur :

— Pourquoi ? Robert a été exposé à des radiations, ou quelque chose comme ça ?

— Non, non, pas du tout. C'est que… comme vous avez parlé de mutation génétique, ça a fait tilt dans ma tête, répondit Théodore Arenson avec autant de naturel qu'il était capable d'en faire preuve, puis il ajouta : Ayant travaillé durant toute ma vie dans la physique des particules…

— Oui, oui… évidemment, bien sûr. répondit Thomas Stein en baisant à nouveau les yeux vers son verre. Puis le médecin les releva vers lui, et demanda cette fois :

— Et vous, Robert, c'est à cela que vous songiez aussi ?

— A quoi ? répondit-il pour se laisser le temps de trouver une réponse convaincante.

— Et bien, à des radiations, ou autre chose de ce genre…

— Ah… Non, non… La question m'est venue

comme ça, comme vous veniez de dire que je devrais avoir quelqu'un dans ma famille qui soit affecté par le même mal…

Thomas Stein ne répondit rien. Malgré les efforts de ce dernier pour exprimer des réserves, il apparaissait clairement comme déjà convaincu qu'il était victime de cette maladie.

Faute d'une clientèle plus nombreuse pour faire un peu de bruit et les distraire, l'ambiance dans le restaurant commençait à devenir quelque peu sinistre.

— Vous avez choisi, Messieurs ? les interrompit le serveur qu'ils n'avaient même pas vu venir.

— Oh, je suis désolé, mais je crois que notre ami n'a même pas encore eu le temps de regarder la carte. répondit courtoisement Théodore Arenson.

— Mais non, mais non, Théodore. Je suis un familier de la cuisine asiatique, et je sais déjà ce que je vais prendre. Je suis sûr que ça figure sur la carte. répondit-il en adressant un sourire au serveur. Puis il ajouta, franchement à l'attention de ce dernier, cette fois :

— Auriez-vous… des raviolis à la vapeur en entrée, et… des brochettes de bœuf avec un riz sauté thaï pour la suite ?

— Oui, oui, bien sûr. Il n'y a pas de problème, Monsieur.

— Bon, et bien ce sera parfait pour moi, alors.

L'homme griffonna quelque chose sur un minuscule carnet, tandis que Théodore Arenson et le docteur Stein s'emparèrent à nouveau de leurs cartes des menus. Il détourna le regard complètement vers sa droite, pour tenter de voir les eaux du lac à travers la grande vitre, mais il ne parvint guère qu'à distinguer quelques nuances sombres mêlées aux reflets de la pièce.

— Et comme boisson, que préféreriez-vous ? le rappela la voix de Théodore Arenson, derrière lui.

Il tourna la tête vers son ami, tout en songeant qu'un vin dans un restaurant asiatique le décevrait inévitablement ; ceux-ci s'adaptaient tous au mauvais goût de leur clientèle, et ne proposaient donc que des rosés et d'infâmes bordeaux, là où des vins rouges charpentés, tels que des vins espagnols, australiens ou d'Amérique du Sud auraient parfaitement convenu à une cuisine relevée.

— Je vais prendre, euh… un *Coca-Cola*.

— Un *Coca-Cola* ? s'étonna le docteur Stein.

— Oui, à moins que notre sommelier soit en mesure de nous proposer un *Gran Corpas*, ou un vin rouge australien ? répondit-il en regardant plutôt le serveur, de nouveau.

— Ah, non, non… Monsieur. Je suis désolé. Nous avons du rosé et quelques Bordeaux… et de la bière, aussi. s'excusa le serveur asiatique en affichant une mine sincèrement déçue.

— Et bien alors ce sera du *Coca-Cola* pour moi. confirma-t-il, mais en regardant cette fois le docteur Stein, pour lui faire comprendre implicitement les raisons de ce choix.

— Je comprends, Robert, et je suis bien de votre avis. Je me demande comment les gens peuvent prendre plaisir à avaler ces cochonneries de vins rosés.

argumenta en sa faveur Théodore Arenson.

CHAPITRE
VI
DILEMME

Il se releva légèrement, puis complètement, pour laisser son dos s'appuyer contre le dossier du fauteuil, et réfléchit encore.

Comment être certain d'avoir pensé à tout ? Qu'est-ce que j'aurais pu avoir oublié. Le petit carnet à spirale était ouvert devant lui, posé sur le petit bureau. Il n'y avait ajouté que deux lignes : seulement deux choses à sa liste, et celle-ci n'était déjà pas si longue. Bien trop courte pour un tel projet. Et pourtant, il ne voyait pas ce qu'il pouvait y ajouter de plus, sinon des choses irréalisables dans les délais qu'il s'était fixés.

Il avait choisi d'anticiper la réponse de Théodore Arenson. Il faisait comme si le vieil homme accepterait, parce que, quoiqu'il arrive désormais, celui-ci ne pourrait décliner sa demande.

Il avait déjà commandé et payé les rayonnages de bibliothèque. Il avait acheté une grosse imprimante informatique très rapide, et avait commencé à imprimer tout ce dont il aurait besoin, ou même pensait avoir besoin, à un moment ou un autre, sans toujours en être parfaitement convaincu. Il avait eu bien du mal à trouver cet écran informatique en niveaux de gris d'un genre si particulier, et pour lequel seuls les militaires avant lui avaient trouvé une application justifiant son achat. La fréquence de rafraîchissement des écrans d'ordinateurs normaux était bien trop lente pour afficher une image complète, dans l'échelle de temps accélérée – on eut dit qu'un capteur de scanner balayait la surface d'un écran noir.

Il avait également acheté quelques meubles chez des brocanteurs, dont un immense et beau bureau plat : il n'aimait pas du tout ceux de l'oncle de Théodore. Il avait mis tous les livres sans intérêt en cartons, et, avec la permission de Théodore, les avait donnés à une association caritative qui était venue les chercher. Il était important de ne pas parler à Théodore de la pleine étendue de ses projets ; il le mettrait implicitement devant le fait accompli, et il savait que son ami ne pourrait rien faire pour s'élever contre ceux-ci. Et d'ailleurs, Théodore n'oserait jamais le faire, il en était convaincu.

Chaque soir, il s'endormait en se creusant la tête pour trouver ce qu'il aurait pu oublier, mais les nouvelles idées devenaient rares. Il se donnait encore une semaine de réflexion avant d'exposer sa requête à Théodore. À partir de là, sitôt que l'homme l'aurait entendue puis se serait inévitablement résigné à l'accepter, puis serait passé à l'acte, il ne s'écoulerait guère que deux ou trois jours.

Il boitait toujours, mais la douleur était parfaitement supportable. Il s'était soumis à toutes les analyses et examens plus approfondis qu'avait suggérés le docteur Stein ; cela n'avait fait que confirmer formellement le diagnostic. Il avait bien une hypophosphatasie, et celle-ci était sévère. S'il attendait sans rien faire, en se contentant de suivre le traitement adapté, cela ne reculerait nullement l'échéance des complications et douleurs à venir. Théodore Arenson, lui, pensait qu'il avait eu ce problème au moment de la *décélération*, et plus exactement parce qu'il avait déjà subi deux *décélérations* successives. Le scientifique avait une théorie à ce propos, et il était difficile de contredire cette dernière tant l'explication réclamait des connaissances pointues. Les fractures de ses métatarses s'étaient bien produites lorsqu'il avait poussé sur ses pieds pour s'élancer dans les airs, mais cela ne se serait pas produit si ses os n'avaient pas été fragilisés par la maladie.

L'idée lui était venue spontanément à l'esprit, tout d'abord, sans avoir réfléchi au gain qu'il pouvait en espérer d'un point de vue médical. Sur la base de la théorie de Théodore, ses premiers calculs, estimations et déductions, avaient cependant confirmé que cela pourrait fort bien ne pas marcher. Mais la chose était possible, selon lui, et quand bien même ne le serait-elle pas, ce serait encore la solution qu'il trouvait préférable.

Il avait abandonné la lecture d'Arnold Toynbee pour s'intéresser au métabolisme de certains oiseaux et insectes. Il avait regardé de nombreuses vidéos sur ces êtres vivants, dans le fol espoir de leur trouver un point commun avec son idée. Le cœur des petits oiseaux battait beaucoup plus vite que celui d'un être humain, de même que leurs mouvements semblaient toujours être accélérés, exactement comme cela avait été son cas lorsqu'il s'était trouvé dans l'autre dimension temporelle. La fourmi, elle, se déplaçait avec une rapidité qui faisait songer à un film passé en accéléré.

Se pouvait-il, après tout, que ces oiseaux et ces insectes, dont les mouvements partageaient en commun d'être si rapides que l'on avait bien du mal à les suivre, vivent en fait dans une autre échelle temporelle, eux aussi ?

La question semblait absurde, mais il était maintenant à la recherche d'explications que la science n'était pas encore capable de fournir. Les mouvements de ces oiseaux et insectes leur semblaient-ils aussi rapides, entre eux, qu'ils le paraissaient aux yeux des humains ? – même si, dans une large mesure, des questions de masse et d'inertie fort simples à comprendre expliquaient assez bien cette particularité commune aux êtres vivants les plus petits, il n'en était pas dupe. Et puis, dans un autre ordre de conjectures auxquelles il pouvait encore tenter de s'accrocher, le physicien Stephen Hawking avait-il eu raison d'abandonner son idée à propos de l'écoulement du temps ?

Ces nouveaux sujets d'intérêt mobilisaient désormais ce qu'il lui restait de temps libre, lorsqu'il ne cherchait pas ce qu'il avait pu omettre d'ajouter à sa liste. Il n'y avait rien d'autre dans son esprit, même pas la maladie et ses inévitables développements, car, à cela, il se refusait à y penser.

Sa décision, et les implications qui en découlaient ne lui semblaient nullement pénibles. Il s'agissait juste d'un passage dans « une autre vie », probablement meilleure que celle qui avait été la sienne jusqu'à ce jour, une fois qu'il aurait trouvé des solutions à tous les inconvénients et contraintes qui en étaient parties. Il y aurait d'incontournables désagréments, mais, après tout, pas plus qu'il en avait connu dans sa vie aussi insipide que l'était l'eau *non-accélérée*. Ceux-ci étaient fort différents de ceux qu'il avait connus avant cela, mais il gagnerait largement au change, c'était certain.

***

Il avait particulièrement soigné son repas pour la soirée de ce jour qu'il considérait comme fatidique. Il voulait que Théodore Arenson perçoive son idée comme il la percevait : comme une heureuse fin. Il souhaitait que ce qu'il allait dire ne provoque nulle tristesse ou déception, mais il savait que cela n'allait tout de même pas être facile. L'inconnu serait la réaction de son ami. Il n'avait envisagé que deux possibilités. Soit Théodore Arenson resterait tout d'abord sans voix, puis le vieil homme sage réfléchirait, et trouverait rapidement que son idée n'était pas mauvaise puisqu'aucune autre meilleure suite n'était possible. Soit il en serait moralement abattu et ne répondrait favorablement à sa requête qu'à contrecœur, en prétendant qu'il devait forcément y avoir une autre solution, ou qu'il était possible de considérer sa situation sous un autre angle – à trouver, et dont il lui faudrait se convaincre qu'il était également bon, quitte à se mentir à lui-même pour complètement l'accepter. Se mentir à soi-même était pour lui le huitième péché capital que les Chrétiens avaient oublié.

Il entendit la porte d'entrée se refermer. Théodore Arenson était là. Il avait tenu à ce que ce dernier conserve un double des clés de la maison, de manière à ce qu'il puisse y venir quand il le désirait.

— Robert ? appela la voix depuis le couloir.

Il s'interrompit dans sa tâche de préparation d'un plat de tranches de saumon fumé joliment présentées. Il avait déjà débouché les deux bouteilles de vin pour les faire décanter : deux bons crus et d'excellents millésimes.

— Je suis dans la cuisine, Théodore. cria-t-il en direction de la porte ouverte.

Le bruit des semelles de cuir sur le carrelage résonna dans le couloir, puis Théodore Arenson apparut dans l'encadrement de la porte de la cuisine, vêtu d'un manteau gris anthracite sur l'alpaga duquel perlaient des milliers de fines particules luisantes. Il tenait un carton à gâteau par sa cordelette, élevé à la hauteur de sa taille.

— Il tombe des cordes, dehors… lui dit simplement son ami avant même de le saluer : une formalité dont ils s'étaient un peu tacitement affranchis depuis quelque temps, comme si les expériences avaient fait évoluer leur amitié vers une relation plus intime autorisant une plus grande liberté de comportement. Comme si leur secret partagé et la découverte de sa maladie avaient fait de la notion d'amitié un lien trop lâche pour correctement décrire la nature du sentiment qui les unissait désormais.

— Oui, j'ai vu. répondit-il. Je parie que la

circulation a dû être plutôt difficile, avec un temps pareil ?

— Et bien figurez-vous que non, Robert. Mais vous n'avez pas tout à fait tort. Je n'aurais pas voulu avoir à faire le trajet en sens inverse. Sur l'autre file, en venant, les voitures étaient carrément à l'arrêt. Il a dû y avoir un accident, je présume.

— Moka ? demanda-t-il en baissant les yeux vers le carton.

— Mais oui ; comment avez-vous deviné ? répondit Théodore Arenson tout en lâchant un petit rire.

— Oh, je me le demande moi-même. répondit Robert Haas sur un ton mi ironique, mi-blasé.

Puis ils éclatèrent tous deux de rire.

— Et que feriez-vous, si jamais une loi interdisant les mokas venait à être votée un jour ?

— Oh, je m'expatrierais.

Dans l'esprit de Robert Haas, l'échange de plaisanteries prit une dimension plus sérieuse et plus intéressante ; il ne l'avait pourtant pas voulu ainsi, mais…

— Dans quel pays ?

— N'importe lequel, là où les mokas sont autorisés, pardieu !

— Oui… évidemment. répondit-il, songeur, et tout en baissant les yeux vers son plat de saumon fumé.

— Bon, je pose ce carton et mon manteau. dit alors Théodore Arenson avant d'ajouter : Alors, que nous avez-vous préparé de bon, ce soir ?

— Saumon fumé en entrée. Pour le reste, vous ne devinerez jamais.

Le docteur tourna les yeux vers la porte du four qui était illuminée. Robert Haas le remarqua, et ajouta :

— Oh, même en regardant la porte du four, vous ne devinerez pas ce qu'il y a dedans.

— À ce point-là ?

— À ce point-là, oui.

— Mais il me reste encore l'odeur. rétorqua le docteur en affichant un sourire rusé.

— Alors, essayez toujours.

— C'est une volaille.

— Oui, en effet, mais… laquelle ?

— À vous entendre, il est clair qu'il s'agit de quelque chose de peu commun, alors, disons… un faisan ?

— Non.

— Chaperon ?

— Non plus.

— Alors je ne vois pas.

— Une grosse dinde, Théodore, préparée à l'américaine, avec un fourrage particulier typique de ce genre de plat. Je parie que vous n'en avez encore jamais mangé.

— Oh, diantre… Ça, c'est inhabituel, en effet. Robert, vous faites vivre cette maison bien mieux que mon oncle n'en fut jamais capable, croyez-moi. Quel triste sire il était… mon Dieu ! Mais, non, je n'en ai encore jamais mangé telle que vous me la décrivez. Oh, à propos, j'ai remarqué que vous n'avez toujours pas enlevé le tableau de l'entrée.

— Non, je n'ai pas encore pris ma décision. Je suis indécis, à propos de ça. D'un côté, j'approuve le point de vue de votre oncle ; de l'autre, je trouve que de l'avoir placé dans l'entrée pile en face de la porte est un peu dérangeant.

Puis il ajouta à voix basse pour lui-même, d'un air songeur :

— Je ne sais plus qui de nous deux a déjà fait cette remarque.

— Alors dites-vous qu'il faut toujours se garder de généraliser, Robert. Il y a des prostituées qui sont heureuses de pratiquer leur métier.

— Elles ne doivent tout de même pas être si nombreuses que cela. rétorqua-il.

— Oui, mais il y en a ; certainement beaucoup, même, je pense. Les media, toujours si prompts à se faire les avocats de nouvelles restrictions et des lois sur la base de petites minorités, devraient accepter celle-ci, s'ils étaient honnêtes.

— C'est vrai. Votre point de vue est tout à fait valable, en effet. Ils prennent bien les minorités qui les arrangent, et pour servir des fins qui n'ont rien à voir avec les prétextes qu'ils avancent, à l'évidence. Dante et Machiavel ont écrit des choses à propos de cette façon de manipuler l'opinion publique, il y a déjà plus de cinq-cents ans, mais le truc marche toujours...

Puis le visage du docteur devint soudainement sérieux, presque inquiet, et tandis que celui-ci déposait avec soin son manteau sur une chaise, il demanda, sans le regarder en face :

— Ce repas plutôt soigné, Robert, et les mystères que vous avez faits autour de cette soirée… Et votre mine soudainement réjouie, un peu trop même, sans raison… dites-moi : qu'est-ce que cache tout cela ?

Il ne répondit pas tout de suite, puis se dit que cela n'apporterait rien de faire patienter son ami jusqu'à ce qu'ils passent à table.

Il s'interrompit dans sa tâche et reprit sa respiration, regarda bien en face son ami qui venait de comprendre qu'il allait le lui révéler, et dit d'une voix délibérément lente, en s'efforçant de bien articuler :

— Théodore… j'ai une requête à formuler... Enfin… En fait, il s'agit d'un choix personnel, et… j'ai évidemment besoin de vous pour qu'il donne lieu à une réalité, mais… je pense que vous pouvez difficilement me refuser ça…

— …Je crois savoir ce que c'est, Robert. Je m'étais bien dit qu'une idée pareille vous passerait inévitablement par la tête, à un moment ou un autre.

Il y eut un nouveau silence, puis Robert Haas tenta un sourire, et dit :

— Vous venez de me dire que vous seriez prêt à vous expatrier pour pouvoir continuer à manger des mokas. Je me trouve dans une situation quasiment identique, pire même, je pense ; c'est pourquoi mon motif et encore plus justifié que le votre.

— Je plaisantais. tenta le docteur sur le ton d'une plaisanterie, mais tous deux savaient bien que le moka était maintenant devenu la métaphore d'une chose infiniment plus sérieuse : quelques années de vie supplémentaires, et quelques autres de souffrance physique en moins. En réalité, j'établirais chez moi un laboratoire secret dans lequel je cuisinerais des mokas, clandestinement. tenta encore Théodore Arenson de plaisanter.

— Je crains qu'il n'existe pas d'alternative de ce genre dans mon cas, Théodore. Je veux m'en aller finir ma vie dans l'autre échelle de temps ; vraiment. J'y ai longuement réfléchi, vous l'imaginez sans peine. J'ai bien pesé les avantages et les inconvénients que ce choix entraîne. Et puis… enfin…

Il ne finit pas sa phrase. N'avait-il pas tout dit, déjà. Il lui fallait maintenant voir comment son ami allait réagir. Il avait été si anxieux de le savoir, durant ces derniers jours.

— Et que comptez-vous faire de vos interminables journées, une fois que vous y serez ? Vous m'aviez pourtant dit que vous vous y étiez ennuyé, parce que vous ne saviez quoi y faire, en seulement trois jours – moins même…

Théodore Arenson l'observait avec intensité, toujours debout, presque au milieu de la cuisine et pas très loin de la porte. Il ne s'était absolument pas attendu à cette réaction, et surtout, son ami avait immédiatement répondu d'une manière qui indiquait déjà qu'il accepterait son choix avec résignation. Mais la question que ce dernier venait de lui poser l'embarrassait terriblement, cependant.

— Et bien, j'y ai beaucoup réfléchi, vous

l'imaginez bien, cela aussi. Je vais lire, essentiellement ; et puis voler, encore… beaucoup sans doute. …visiter d'autres endroits. J'aurai tout mon temps pour cela, car… Enfin, je me suis penché sur la question, comme je viens de vous le dire. J'ai beaucoup réfléchi à votre explication de la mutation génétique qui serait apparue au moment de la *décélération*, et… Je me suis dit que si votre explication est correcte – et je suis maintenant convaincu qu'elle l'est – alors mes problèmes et mon espérance de vie ne seraient plus les mêmes dans l'autre dimension temporelle.

— Ce n'est qu'une hypothèse, Robert. Même pas une théorie. Et puis d'ailleurs – je ne vous en avais pas parlé, mais maintenant –, j'ai déjà entrepris des *décélérations* sur des animaux sans les avoir *accélérés* au préalable, pour mettre cette hypothèse à l'épreuve, justement.

— Et ?

— Et il est trop tôt pour me prononcer, malheureusement. Je n'ai commencé tout cela que cette semaine. Et puis les animaux ne savent pas se plaindre de petites douleurs. Je dois les faire radiographier régulièrement pour voir l'évolution de leur condition physique, et… je n'ai rien trouvé qui confirme cette théorie, pour le moment.

— Ça ne change rien, Théodore. C'est comme cela que je préfère continuer à vivre le temps qu'il me reste, quoiqu'il arrive et quelles qu'en seront les conséquences. Vous en savez autant que moi sur ce qui m'attend dans le monde normal ; et là, il s'agit de certitudes absolues… Je peux encore jouir du bénéfice de l'espoir : une fin de vie dans l'autre dimension pour ce qui concerne. Je le prends comme une chance inespérée qui m'est offerte, et rien d'autre que votre décision ne s'y opposerait.

En terminant sa phrase, il en vint à regretter d'avoir parlé avant le repas. Comment allait se dérouler celui-ci, maintenant ? L'ambiance promettait d'être sombre, si Théodore ne parvenait pas à partager un peu de son enthousiasme.

— Je ne m'y opposerai jamais, Robert. Je voudrais juste être certain que vous n'aurez pas à le regretter.

— Je crois que c'est tout vu ; je viens de vous décrire l'alternative à laquelle je suis confronté. Je ne vois pas d'autre certitude pourrait me faire encore hésiter. Il n'y a pas l'ombre de la moindre promesse pour moi dans ce monde. En voyez-vous une, sincèrement… objectivement ?

Le docteur hésita, puis dit du bout des lèvres, en baissant la tête :

— Non.

— Bien. Nous allons passer à table et tâcher de passer un moment agréable ensemble, maintenant. Après tout, vous conviendrez tout de même que mon départ n'est pas plus triste que ce qui m'arriverait ici. Si cela peut vous rassurer, je dois vous dire que j'en tire même une certaine euphorie.

— Pas moi, répondit amèrement Théodore Arenson. Pour moi, c'est le constat d'un échec. D'un caprice de ma part qui a finalement mal tourné aux dépens d'un ami cher. Et puis… je sais maintenant que bientôt, je ne vous verrai plus jamais.

Il le regarda en faisant un sourire en coin, et dit sur le ton d'une plaisanterie devant entretenir l'ambiguïté qu'il souhaitait :

— …Jusqu'à ce qu'il n'y ait plus de mokas, Théodore.

— Qu'est-ce que vous avez voulu dire ? répliqua brusquement le docteur avec une nervosité tout à fait perceptible. Je n'ai nullement l'intention de m'exiler ainsi…

— Non, parce que c'est un fantasme, Théodore. Et vous savez bien que personne ne tente jamais de faire se réaliser un fantasme. Pour ce qui me concerne, je n'ai pas eu le temps de laisser cette idée de voyage temporel en devenir un. C'était déjà une réalité avant même que j'en rêve. En fait, je ne rêve plus que de cela, maintenant, de ce qui est bel et bien une réalité – *ma* réalité. J'en fais même des cauchemars. Toujours le même : je ne peux pas revenir. Alors ainsi, j'exorciserai ce cauchemar. Il n'existera plus ; forcément…

— …Bien, bien. Et si nous passions à table, pour y poursuivre cette discussion, en effet. l'interrompit Théodore Arenson – la nervosité dans le ton de son ami avait maintenant évolué vers de l'agacement.

— Alors, allez vous installer à table. Je vous suis avec le saumon fumé.

L'homme s'exécuta, et ils se trouvèrent bien vite

assis l'un en face de l'autre. Il choisit de poursuivre immédiatement, pour ne surtout pas laisser le silence s'installer.

— À propos, j'ai rédigé un testament, puisque je vais partir.

Théodore Arenson releva brusquement des yeux à la fois étonnés et tristes dans sa direction. Puis ce dernier dit :

— Un testament ? Mais… vous savez trouver les bons mots pour rendre cette soirée agréable, définitivement !

— Oui, je sais, je n'ai pas grand-chose à léguer à qui que ce soit, hormis quelques meubles et effets personnels sans valeur. Mes parents étaient pauvres, et ils ne m'ont pas laissé grand-chose. Mais… comment dirais-je ? Vous en prendrez connaissance. Ou plutôt, j'en ai gardé une copie pour vous, parce que… je pense qu'il vous sera nécessaire de le lire, avant que mon dernier jour n'arrive. C'est important, même.

— Qu'est-ce que vous cherchez à me faire comprendre, exactement, Robert ? Soyez un peu plus clair, s'il vous plaît.

Il baissa les yeux vers la bouteille de vin blanc posée à sa gauche, laissa s'écouler quelques fractions de seconde pour bien réfléchir à ce qu'il allait répondre. Il aurait bien voulu que Théodore Arenson comprenne ce qu'il aurait aimé partager maintenant avec lui, mais c'était encore trop tôt.

— Vous le saurez quand vous lirez cette lettre,

Théodore. J'espère que vous me pardonnerez ce petit mystère.

— Décidément, vous m'intriguez. répondit le docteur en le scrutant du regard avec une intensité curieuse – sans parler de votre goût soudain pour le morbide…

— Pour l'instant je vous intrigue, oui. Mais, vous saurez tout bientôt. Quand je serai parti. Et puis ce mystère vous semblera peut-être amusant, à un moment ou à un autre. C'est pourquoi, plus tard, vous comprendrez que je n'avais pas envie de faire dans le morbide.

— « Peut-être » ? Alors si vous n'en êtes pas sûr, j'ai tout de même de bonnes raisons de m'en inquiéter un peu, ne le croyez-vous pas ? Qu'êtes-vous en train de manigancer ? J'espère que vous avez compris que les distorsions temporelles et les blagues sont deux ingrédients qu'il vaut mieux s'abstenir d'associer…

La question l'amusa et le rassura tout à la fois, car Théodore Arenson avait employé le passé, et utilisait des exemples du passé. Celui-ci ne trouverait jamais ce qu'il avait en tête jusqu'à ce qu'il lise la copie de son testament. Il choisit une réponse elliptique, encore.

— À vrai dire, mon testament concerne bien moins un legs qu'une restitution. Mais là, à ce stade, je vous en ai déjà trop dit ou pas assez…

— Une restitution ? Vous avez volé quelque chose ?

— Non, je n'ai rien volé. Vous saurez de quoi il est question en lisant cette copie. Et vous la lirez bientôt, je vous le promets. N'insistez pas, pour l'instant, s'il vous plaît.

Puis il changea légèrement de sujet, pour ne pas courir le risque de laisser le docteur s'approcher trop près de ce qu'il ne voulait pas encore lui dire ; mais la question qu'il s'apprêtait à poser maintenant relevait encore du même sujet. Sauf que son ami ne pourrait jamais le comprendre, cela non plus.

— À propos de testament, Théodore – je vous en prie, servez-vous, pendant que je parle –, vous n'avez vraiment aucun héritier, vous-même ?

— Non, aucun. J'avais cherché à le savoir et je n'ai rien trouvé. Tout le monde est mort, dans ma famille. C'est d'ailleurs bien pour cette raison que j'ai pu me permettre cette liberté de vous offrir la jouissance à vie de cette maison.

— Et alors, que va-t-elle devenir, quand nous ne serons plus là, vous et moi ?

— C'est l'État qui en deviendra propriétaire, pardi ; à moins que je ne lègue tout à une personne de mon choix. Seulement… je ne vois pas laquelle. J'avais pensé à vous, pour tout vous dire, puisque nous en sommes là.

— À moi ?

— Eh oui.

Théodore Arenson, très pudique de ses sentiments, semblait maintenant ne plus vouloir le regarder en face. Il était en train de se servir une deuxième tranche de saumon fumé, avec des gestes indiscutablement nerveux.

Un long silence s'installa ; celui-ci ne fut perturbé

que par le bruit du vin blanc qui s'écoulait dans les deux verres.

Théodore Arenson rompit finalement ce silence qui avait bien une signification profonde, mais qui ne menait nulle part cependant.

— Je suppose que vous voulez partir le plus tôt possible.

Ce n'était pas une question. Son ami n'avait même pas relevé les yeux vers lui en la posant.

— L'évolution de la maladie m'y invite fermement, vous le savez autant que moi.

Il n'en fut pas certain, mais il lui sembla que le docteur continuait à baisser la tête vers son assiette parce que ses yeux étaient humides.

Il dit alors, en élevant un peu la voix et en forçant celle-ci à prendre une intonation optimiste :

— Ce n'est pas une mauvaise nouvelle, Théodore. La mauvaise nouvelle, ce serait que je décide de ne pas partir, au contraire.

…Et puis je continuerai tout de même à demeurer ici, dans l'autre échelle de temps. Vous pourrez venir m'y retrouver. J'ai prévu de laisser des messages pour vous que je déposerai sur cette table, à l'exacte place où je me trouve maintenant, bien en évidence. Vous pourrez faire de même. Et vous pourrez même me livrer des substances pour que je continue à faire des expériences pour vous…

Le docteur s'interrompit abruptement, reposa nerveusement sa fourchette et son couteau sur la nappe, releva les yeux vers lui pour la première fois depuis plusieurs minutes, et dit, sèchement – Robert Haas eut alors la confirmation que l'homme avait effectivement pleuré, ou pleurait encore, silencieusement :

— Pour combien de temps ? Vous y avez songé ? Pour combien de temps ?!

Il ne répondit pas, et baissa lentement les yeux vers son assiette, à son tour. Il avait déjà fait ce petit calcul, évidemment, et il se dit que Théodore Arenson était probablement en train de le faire maintenant, ou venait juste de le faire. L'homme reprit, toujours en le fixant du regard :

— Supposons que vous ayez raison. Supposons que vous parveniez à vivre jusqu'à l'âge de soixante-dix ans ; quatre-vingts ou plus même si vous voulez... Ça fera combien de temps, à l'échelle de temps du monde normal ?

Il répondit à voix basse :

— Entre vingt-deux et... disons... trente-six jours dans l'hypothèse la plus optimiste ; si jamais je parvenais à légèrement dépasser l'âge de quatre-vingt-dix ans.

— Et quel genre d'échanges et combien d'expériences de chimie, ou autres, prévoyez-vous, en l'espace d'une trentaine de jours ? Combien d'échanges de correspondance ?

Il ne répondit pas. Le désarroi du docteur était bien fondé. Celui-ci reprit :

— Je serai très heureux de savoir que vous parviendrez à atteindre l'âge de quatre-vingt-dix ans, mais... mais, enfin... Comprenez-vous que j'ai le droit d'être un peu triste ? Pour moi, vous n'aurez plus que trente jours à vivre, dans le meilleur des cas, une fois que j'aurai refermé le sas sur vous… C'est tout ! Cette autre dimension temporelle, ce n'est qu'un rêve, Robert… Elle n'existe que pour *vous*, comprenez-vous ? Personne d'autre ! Même moi, je ne l'ai jamais vue…

— Bien sûr que si, vous l'avez vue, Théodore… Vous m'avez vu disparaître de la bulle, quand vous avez ouvert la porte. Vous avez vu les trous impossibles à réaliser dans des circonstances normales, dans la vitrine. Vous avez vu la vidéo de la tour de boîtes de conserve dans la supérette. C'est une réalité. C'est la vôtre, d'ailleurs. C'est…

Il s'interrompit en pleine phrase, alors qu'il venait de réaliser qu'il était en train de s'emporter, lui aussi.

Un nouveau long silence prit place.

— Je ne peux pas vous demander de m'excuser, dit finalement la voix très basse, en face de lui. Je ne suis pas pardonnable. Ce qui vous arrive est de mon entière faute. J'ai joué avec votre vie. J'ai été trop confiant. J'ai été trop sûr de moi, comme toujours.

— Nous avons déjà eu cette discussion, Théodore. Et ma réponse est toujours non. Ce que vous racontez est archifaux. Je ne vois pas pourquoi nous en reparlerions…

Puis il releva la tête en direction du docteur, et il l'observa en train de couper nerveusement une tranche de saumon dans son assiette. Il dit :

— Vous ne prenez pas de blinis ?

— Des blinis ? Je n'avais pas vu qu'il y en avait.

— Mais… ils sont devant vous.

— Ah oui… C'est vrai… Vous avez raison. Je ne les avais pas vus.

— La crème fraîche est là. dit-il en tendant une saucière qu'il avait utilisée pour ce faire, à défaut d'un contenant plus approprié.

— Merci.

La tension était en train de retomber pour céder la place à de la résignation. Il en profita pour dire :

— J'avais organisé ce repas un vendredi soir, pour que nous puissions passer le week-end ensemble, si vous n'avez rien d'autre de prévu. Votre chambre est prête, en haut.

— Je n'avais rien de prévu, non. Ce sera avec plaisir. répondit Théodore Arenson en relevant les yeux vers lui durant seulement une fraction de seconde. Il crut voir l'esquisse d'un sourire sur le visage du vieil homme, mais il ne pouvait en être tout à fait certain.

— Théodore…

— …Je vous écoute.

— J'aurais une autre requête à formuler.

— Allez-y. répondit le vieil homme avec un fatalisme parfaitement perceptible dans le ton de sa voix.

— J'aurais besoin de deux ou trois petits équipements spéciaux supplémentaires, avant de partir. Alors je…

— …Je les ferais réaliser. C'est sans problème, Robert.

CHAPITRE

VII

RENAISSANCE

Le départ devait se dérouler un matin, encore. Théodore Arenson avait dormi dans la grande maison de son oncle, et ils étaient partis ensemble dans sa voiture pour se rendre au *Centre de Recherches.* Le hasard avait voulu qu'il pleuve, ce qui ne faisait qu'ajouter à la tristesse de ce jour. Mais, d'un autre côté, se dit-il, il aurait tout autant trouvé singulier qu'il fasse beau, ce qu'il aurait alors interprété comme une forme de cynisme envoyé par les cieux.

Pluvieux, brumeux ou ensoleillé : ça ne changeait rien. Seule la grêle pourrait différer son départ, et ce n'était pas la saison – il songea qu'il n'en verrait d'ailleurs jamais plus de sa vie.

Ils ne s'étaient pas dit un mot durant la première moitié du chemin, puis, comme par le fait d'un accord tacite, ils avaient reparlé du mode opératoire qu'ils avaient élaboré pour se revoir et communiquer dans la maison, après son départ. C'était assez simple. Il écrirait des lettres à son ami qu'il déposerait devant une chaise, sur la longue table du salon salle à manger – la chaise que Théodore occupait habituellement à table. Il indiquerait sa présence à Théodore Arenson en faisant du bruit, devant la chaise opposée. Si la chaise se déplaçait après que Théodore se fût assis devant son message pour le lire, cela signifierait qu'il se trouverait en face de lui. À partir de là, il s'efforcerait de demeurer immobile durant quelques instants, afin que son ami puisse le voir, et ainsi avoir la preuve qu'il allait bien. Ils ne pourraient évidemment pas communiquer verbalement, puisque ses mots se situeraient dans la gamme des ultrasons, et que ceux de Théodore le seraient dans celle des très basses fréquences.

Ils avaient fait des répétitions avec le truc de l'écriture, et ils avaient ri en cette occasion, lorsqu'ils avaient réalisé qu'ils se trouveraient alors exactement dans la même situation qu'une personne et un esprit frappeur tentant de communiquer ensemble. Théodore Arenson avait besoin d'environ cinq à dix secondes pour écrire une phrase complète au stylo bille, ce qui, à son échelle de temps qui serait alors accélérée de cinq-cents fois, prendrait entre 40 minutes et une heure vingt. À l'inverse, Théodore Arenson verrait apparaître quasi instantanément les phrases qu'il lui adresserait à son tour. Lui serait donc capable de répondre par des lettres entières rédigées dans des délais extrêmement courts, selon l'échelle de temps cinq cents fois plus lente de son ami.

Ils avaient convenu que ces conversations de « vivant à esprit » prendraient place chaque soir à dix heures, et chaque matin à sept heures. Sachant qu'une journée de vingt-quatre heures, à l'échelle de temps du monde normal, représenterait pour lui un an, quatre mois et quinze jours, ils entreraient deux fois en communication durant cette période. Il aurait donc énormément de choses à raconter à Théodore lors de chacune de ces rencontres.

Théodore devrait comprendre qu'il serait décédé, le jour où il n'y aurait plus de nouveau message sur la table : un détail qu'ils s'étaient tous deux interdit d'évoquer de vive voix.

Sachant qu'il ne lui restait plus qu'environ un mois à vivre selon l'échelle de temps normale, il était en effet urgent qu'il parte avant l'arrivée des mois de grandes chaleurs. On allait bientôt entrer dans le mois d'avril, et cette année était exceptionnellement froide, par chance. Il se demandait tout de même un peu comment il vivrait ces nuits de plusieurs mois. S'y habituer lui réclamerait certainement du temps ; mais, d'un autre côté, ces périodes d'inactivité humaine faciliteraient grandement la réalisation de ses projets dans ce qu'il lui fallait bien appeler son « autre vie ».

Théodore Arenson s'était absenté pour aller planifier l'expérience « normale » de ce matin avec son équipe d'ingénieurs. Il en profita pour regarder une dernière fois l'installation titanesque.

Les plafond et sol de la salle interdisaient de voir la totalité du gigantesque cylindre dont la bulle était le centre. Et d'ailleurs, depuis cette pièce, il était difficile de se représenter ce mur qui n'était qu'un fouillis de tubes et surfaces métalliques brillantes, innombrables câbles de différentes tailles et couleurs, comme une portion de la face avant d'un cylindre de pas moins de quarante mètres de diamètre, et pesant la bagatelle de trois mille cinq cents tonnes. On eut dit que cet arrangement d'une inconcevable complexité avait été laborieusement construit autour de la petite bulle, selon un plan que seule une intelligence incroyablement supérieure pouvait concevoir.

Pour l'essentiel, la masse du cylindre, qui était constituée d'éléments supraconducteurs, était refroidie en permanence à la température incroyablement basse de 1,8 degrés Kelvin, c'est-à-dire –273,15 degrés centigrades : moins encore que dans l'espace situé bien en dehors du système solaire. Théodore Arenson lui avait dit que toute l'installation consommait annuellement la quantité véritablement astronomique de 1 000 gigawatts d'électricité. Il était arrivé un jour qu'une défaillance se produise dans le système de refroidissement du cylindre, durant une expérience ; cet incident avait littéralement fait fondre, en seulement une fraction de seconde, un composant de cuivre d'un poids de cinq-cents kilos…

En raison de leur énorme consommation d'électricité, les expériences avec l'accélérateur étaient interrompues entre le 15 novembre et le 15 janvier durant les hivers. Les centrales électriques de la région n'arrivaient pas à fournir simultanément assez d'électricité pour la population et pour l'accélérateur.

Le poste de commande de cette salle, derrière lequel s'installait Théodore Arenson, paraissait ridiculement petit par rapport à la taille et aux caractéristiques de l'accélérateur. Mais le véritable centre de pilotage était une autre grande salle située quelques mètres plus bas, dans laquelle travaillaient plus d'une vingtaine d'ingénieurs assis derrière des écrans d'ordinateurs alignés en arc de cercle. Certains de ces ingénieurs ne s'occupaient de jamais rien d'autre que d'obscures questions de refroidissement, ou d'alimentation en électricité. Aucun d'entre eux ne voyait ce qui était placé dans la bulle, ou en sortait. Ils travaillaient tous « en aveugle » en quelque sorte, ne voyant jamais rien d'autre que des paramètres sur des écrans de contrôle, obéissant à un chef d'orchestre qui était Théodore Arenson.

Il arrêta finalement son regard sur ce sas vers lequel tout convergeait. Celui-ci lui faisait invariablement songer, non pas à la porte d'une chambre forte parce que la porte ronde n'était pas assez épaisse pour cela, mais bien à celle d'un vaisseau spatial, avec sa grande barre de fermeture brillante et son système de verrouillage à six points dont la qualité d'usinage était digne d'un travail d'horlogerie. La porte métallique, tout de même aussi massive que lourde, était simplement recouverte d'une couche de peinture vert-turquoise.

Pourquoi vert et pas blanc, comme cela était d'usage dans la plupart des laboratoires, se demanda-t-il pour la première fois, et aussi pour s'empêcher de trop penser à la tristesse et à l'émotion qui ne manqueraient pas d'entourer son départ définitif, dans quelques minutes ?

Théodore Arenson lui avait tout de même laissé une

feuille de planning d'expériences pour la semaine à venir, avec des indications d'heures précises, dans l'éventualité où il serait tenté de renoncer et revenir. Passé cette semaine, le docteur déposerait de nouveaux plannings sur la table du salon. Une semaine, pour lui, lorsqu'il serait de « l'autre côté », dans son « au-delà temporel », cela représentait tout de même un peu plus de neuf ans et demi, c'est-à-dire bien assez pour y réfléchir.

Le nouveau sac à dos coque en fibre de carbone tressée qu'il avait demandé à Théodore, était posé devant la petite estrade métallique permettant d'accéder à la bulle. Celui-ci était bien plus grand que le précédent, conformément aux croquis qu'il avait dessinés. Théodore l'avait chargé de douze bouteilles d'eau d'un litre et demi chacune, et avait comblé tous les interstices restant avec des barres de céréales.

En raison de la taille de ce sac, ressemblant plutôt à un container au design aérodynamique, ils avaient prévu pour cette fois qu'ils placeraient d'abord celui-ci dans la bulle, et qu'il s'adosserait contre durant les quatre heures de *l'accélération.* Il prendrait deux bouteilles d'eau supplémentaires entre ses jambes, puisqu'il lui serait impossible d'ouvrir le sac-coque ainsi disposé derrière lui.

Le bruit ambiant de la salle était un mélange de toutes les fréquences sonores audibles existantes. Il n'était pas aussi élevé que la taille de l'accélérateur aurait pu le faire augurer : il était facile de l'oublier.

Il ne s'était jamais senti à l'aise, chaque fois qu'il

était venu dans le *Centre*. Il avait toujours eu, très exactement, le sentiment de ce qu'il était vraiment, ici : un intrus, bien plus qu'un visiteur. Il s'était toujours trouvé assez embarrassé, chaque fois qu'il y avait croisé un des employés, redoutant toujours qu'on lui demande : « mais qu'est-ce que vous faites ici, au juste ? » Plus encore, il avait toujours eu très peur, comme encore en cet instant, que quelqu'un dans le *Centre* découvre le pot aux roses en pénétrant à l'improviste dans la salle, pile au moment où il pénétrerait nu dans la bulle, par exemple.

Mais personne ne lui avait jamais demandé quoi que ce soit, simplement parce qu'il avait toujours été vu en compagnie du docteur Théodore Arenson, éminent scientifique de renommée internationale et directeur de recherche au Centre de Recherches en Physique fondamentale. Et puis il n'y avait aucune raison pour que quiconque pénètre dans cette salle durant une expérience, à moins d'un grave incident technique.

Théodore Arenson avait changé d'attitude, depuis trois jours. C'était arrivé subitement, un matin. L'homme était encore triste le soir précédent ; il n'avait plus semblé l'être du tout après. Depuis cette matinée, Théodore Arenson s'était comporté avec une sorte de froideur et une détermination toutes scientifiques, se concentrant sur tous les détails de son départ, cherchant ce qu'ils auraient pu oublier ou négliger. Il était clair que Théodore avait trouvé un moyen de percevoir son départ sous un autre angle, à propos duquel ce dernier ne lui avait rien dit.

Ce fut au moment où il ne se trouva plus qu'à deux ou trois mètres du sas, alors qu'il s'en approchait pour examiner plus attentivement la qualité d'usinage des verrous de métal lisse et brillant, et aux arêtes si vives qu'elles semblaient tranchantes, qu'il entendit la porte de la salle se refermer, une quinzaine de mètres derrière lui. Il se retourna, et vit Théodore vêtu de sa blouse blanche, l'air très absorbé.

— Vous êtes prêt, Robert ? lui lança l'homme, sur un ton presque sec et curieusement impersonnel.

— Oui, oui. répondit-il, un peu déstabilisé par cette attitude inhabituelle. Il se demanda durant un instant si Théodore ne lui en voulait pas de partir. C'était probable, mais pas certain. L'extrême pudeur de sentiments de Théodore Arenson n'aidait pas à une interprétation toujours correcte de toutes ses réactions ; certaines de celles-ci demeuraient inexplicables, sinon juste déroutantes, parfois.

— C'est pour dans… treize minutes, environ. Nous ferions bien de placer tout de suite votre sac à dos dans la bulle.

— Oui… oui. J'y vais.

— Je viens vous donner un coup de main. répondit l'homme, toujours de cette voix maintenant détachée, avant d'ajouter : Mais mettez donc votre trousseau de clés dedans, avant ; vous en aurez besoin.

C'est à ce moment-là qu'il sentit ses jambes devenir comme du coton. Il était anxieux, mais il ne savait pas pourquoi. Il lui sembla même que ses genoux tremblaient, exactement comme la première fois qu'il s'était apprêté à monter dans la bulle. Il n'eut que deux pas à faire pour saisir le lourd sac à dos rigide par son harnais de solides sangles en nylon tressé. Il avait conçu ce sac pour qu'il puisse endurer un demi-siècle d'usage quotidien, et le fournisseur du *Centre* qui l'avait réalisé avait bien fait son travail.

Il monta les quatre marches de métal, puis il hissa le sac sur le bord du sas au moment où Théodore Arenson le rejoignit pour l'aider à le pousser au fond de la bulle. Ce fut lui qui monta seul dans la bulle pour plaquer le sac debout contre la paroi métallique, au fond, un peu de biais pour qu'il tienne à peu près debout. Le mouvement des bouteilles d'eau, à l'intérieur, faisait réagir le sac comme si un animal était en train d'y protester vigoureusement. Puis il recula, sur ses mains et sur ses genoux, et redescendit avec précaution sur l'estrade – il s'agissait de ne pas se faire une entorse pile au moment du départ.

— Il y a une dernière chose que nous devons absolument faire, Robert. lui dit alors Théodore, avant d'ajouter : Ce serait trop bête…

Le vieil homme se retourna vers son ami qui le regardait d'un air maintenant entendu, tout en relevant un pan de sa blouse blanche pour fouiller dans la poche de son pantalon de velours côtelé bleu. Lorsque Théodore retira sa main, celle-ci tenait un petit appareil photo d'aspect métallisé, brillant. Puis le vieil homme accomplit un regard circulaire dans la grande salle ; il cherchait quelque chose, manifestement.

— Il me faudrait un support pour poser cet appareil

un peu en hauteur. marmonna-t-il.

L'homme se tourna vers lui, et demanda, en pointant un doigt vers un angle mal éclairé :

— Voudriez-vous me ramener quelques-unes de ces boîtes en plexiglas, là bas ? Je vais régler mon appareil pendant ce temps. Il en faudrait assez pour faire une pile d'un peu plus d'un mètre de haut. Ce sera parfait comme cela.

Il obtempéra avec plaisir. Il n'avait pas songé à cette idée de photo, son esprit étant trop préoccupé par tout ce qui s'était passé durant ces derniers mois.

Théodore posa son petit appareil sur la pile de boîtes qu'il avait placé à quatre ou cinq mètres du sas, puis se pencha pour viser la porte. Il plongea encore la main dans la poche de poitrine de sa blouse, cette fois, et en extrait une feuille de papier qu'il plia plusieurs fois. Il glissa cette cale improvisée sous le devant de l'appareil photo, afin que celui-ci soit légèrement incliné vers le haut.

Il visa encore dans l'objectif, puis dit :

— Là, ce sera parfait. Allez en haut de l'estrade, Robert, et tenez-vous debout vers la gauche du sas ; je vais venir me mettre à côté de vous. Puis le vieil homme appuya sur un bouton de l'appareil, puis sur un autre, et se précipita pour monter à son tour les quatre marches de métal. Ils se trouvèrent alors côte à côte devant le trou béant de la bulle, et se redressèrent instinctivement, la tête légèrement rejetée vers l'arrière, fixant le minuscule objet brillant posé en haut de la pile de boîtes en plastique, en arborant le meilleur sourire dont ils étaient capables en cet instant de tragédie. Il y eut un moment ou une lumière orange clignota sur l'objet durant une ou deux secondes, puis il y eut le flash.

— Bien, vous allez vous déshabiller maintenant, Robert. Mieux vaut ne pas s'y prendre au dernier moment, hein ? Je m'occuperai des boîtes en plastique après votre départ, ne vous en faites pas pour ça.

— Oui, oui... Bien sûr. Vous avez raison.

Ses genoux tremblaient ; maintenant il en était certain.

— Laissez-moi faire. lui dit le docteur qui devait avoir remarqué combien il était devenu soudainement maladroit, au moment de déboutonner sa chemise à carreaux.

Il posa finalement ses chaussures, puis son pantalon, puis son slip. Il avait plus froid que les fois précédentes.

— Il est encore temps de renoncer. lui dit Théodore qui ne pouvait pas ne pas avoir remarqué qu'il tremblait. L'expérience se poursuivra normalement ; c'est tout. Aujourd'hui nous *accélérons* des échantillons d'alliages métalliques.

— Non... non. Nous en avons largement discuté. répondit-il simplement, d'une voix à peine audible, incapable d'ajouter quoi que ce soit. Le souffle lui avait même manqué, juste pour dire ces quelques mots. Il était convaincu de ressembler à un condamné s'apprêtant à prendre place sur la chaise électrique.

Il évitait de regarder Théodore dans les yeux, et ce

dernier faisait de même.

Son genou glissa lamentablement sur le bord lorsqu'il se hissa dans la bulle. Théodore l'aidait pourtant autant qu'il était possible de le faire. Puis le moment arriva, finalement, où il se trouva assis contre le sac à dos, les jambes repliées vers lui, ses genoux nus à une trentaine de centimètres de son visage, ne sachant où poser ses mains.

Théodore disparut un instant, pour revenir avec la boîte en plexiglas qui contenait cette fois un arrangement de petits casiers, transparents eux aussi, et dans chacun desquels se trouvait de petits cylindres métalliques de différentes teintes et brillances – certains de ceux-ci étaient noirs, d'autres gris mat. Puis l'homme se baissa vers un point qu'il ne pouvait voir, et se releva avec le nouveau modèle de masque dans une main et la paire de palmes dans l'autre : il les lui tendit.

— Théodore ?

Le docteur s'immobilisa devant la bulle, les yeux baissés sur la boîte, puis il les releva lentement vers les siens, pour la première fois depuis un bon moment, comme à contrecœur.

— Oui ?

— Nous allons nous revoir.

Il l'avait dit avec le sentiment qu'il aurait certainement eu s'il s'était trouvé sur une île déserte, en train de lancer un message dans une bouteille ; mais il avait tenu à regarder son ami bien droit dans les yeux.

C'est alors que l'expression dans les yeux du docteur changea étrangement, sans qu'il puisse dire quel sentiment elle pouvait exprimer. Le regard le fixait franchement, maintenant, durant un moment qui semblait ne plus devoir s'arrêter. Puis le docteur dit finalement, et simplement, avec une étonnante détermination dans le ton de sa voix :

— Oui.

Puis celui-ci ajouta, après une pause et toujours en le regardant bien droit dans les yeux :

— Faites bien attention à vous. A… à tout à l'heure. Je ferme, maintenant.

— À tout à l'heure, Théodore.

Puis ce fut le noir complet, à nouveau.

Le visage de Théodore Arenson affichait une expression figée de concentration, tandis que ses mains, presque immobiles comme l'était le reste de son corps, semblaient faire se mouvoir la lourde porte d'acier ronde, mais celle-ci ne bougeait pas, ou trop lentement pour le dire.

Il ne tremblait plus, ni même n'avait la moindre appréhension. Le plus difficile était fait. Il était passé de « l'autre côté, » dans « l'autre monde », pour toujours. Curieusement, les quatre heures qu'il venait de passer dans le noir, enfermé à l'étroit dans la bulle, lui avaient paru cette fois beaucoup moins longues.

Il lui fallait maintenant assumer son choix, et apprendre à vivre sa nouvelle existence qui venait justement de commencer, à cet instant précis. Lorsqu'il y songea, il prit pour la première fois conscience du fait qu'il sortait nu d'une cavité devant un docteur en blouse blanche, et qu'il devait faire des efforts pour apprendre à respirer différemment, avec grande difficulté – surprenant hasard.

Il déplia ses jambes vers l'avant, regarda une dernière fois le visage de Théodore dont les yeux scrutaient le fond de la bulle, à la hauteur d'un point où s'était trouvé son visage il y avait quelques secondes. Il prit appui sur ses mains pour définitivement s'extraire de l'énorme machine, sans bousculer la boîte d'échantillons même si celle-ci ne contenait que des choses bien peu fragiles, aujourd'hui. Une fois debout devant le sas, il se pencha autant qu'il le put à l'intérieur pour saisir une sangle du sac et tirer doucement sur celle-ci. Théodore Arenson fixait toujours le fond de la bulle du regard.

Il passa les bras dans les sangles de son sac, puis il mit son masque seulement après. Il ramassa la paire de palmes qu'il tint d'une main par leurs petits câbles de cheville de sécurité, et traversa très lentement la pièce jusqu'à la sortie. Lorsqu'il referma la porte de la salle derrière lui, Théodore était toujours en train de finir d'ouvrir le sas, les yeux maintenant légèrement tournés vers la salle, comme s'il le cherchait du regard, telle une statue de cire de lui-même saisie dans la pose et avec la tenue qui caractérisait pleinement ce qu'il était, un grand scientifique ; « le plus grand de tous les temps », diraient peut-être un jour tous les autres.

La pluie avait l'air de s'être interrompue lorsqu'il se retrouva devant les portes de verres du Centre de Recherches en Physique fondamentale. Il ne jugea pas nécessaire de faire quelques pas de plus. Il s'assit sur les marches de marbre et chaussa ses palmes. Puis il se laissa tomber lentement vers l'avant, exerça une poussée sur ses jambes, et ressentit instantanément la douleur dans son pied droit. Puis il commença à battre des jambes, rapidement tout d'abord, puis plus lentement et plus puissamment. Il sentit qu'il s'élevait plus lentement et lourdement que les fois précédentes. C'était sans aucun doute le poids du sac à dos, et la surface plus importante que celui-ci opposait à l'air, maintenant devenu fluide comme de l'eau.

Au bout d'un moment qu'il évalua à un peu plus de deux heures, il jugea qu'il devait se trouver à une altitude d'environ trois mille mètres. Sous lui, les nuages gris formaient un tapis opaque qui l'empêchait de voir le sol. Le soleil brillait maintenant dans le ciel bleu et totalement dégagé, comme s'il venait vraiment de quitter un monde gris pour entrer dans celui du soleil éternel. Il conservait son cap en observant de temps à autre la position du soleil qui se trouvait exactement derrière lui, un peu au-dessus de l'horizon. Il en sentait le rayonnement chaud sur la peau nue de ses jambes. La Terre s'étant maintenant arrêtée de tourner, le soleil était un repère de navigation très fiable.

Attraperait-il un coup de soleil durant toutes ces heures de vol vers la capitale, se demanda-t-il ?

De toute façon, il lui faudrait bientôt perdre de l'altitude, pour se désaltérer un peu tout d'abord, puis pour voler en dessous de cette couche nuageuse et voir le paysage, afin de ne pas s'égarer. Lors de son précédent trajet, il avait tout simplement suivi le tracé de l'autoroute, exactement comme s'il était revenu en voiture. Ce n'était peut-être pas le trajet le plus direct pour se rendre jusque chez lui, mais c'était celui qui offrait le moins de chances de faire une erreur de navigation.

Il n'avait pas emporté son altimètre, ni la boussole qu'il avait achetée cette semaine ; ceux-ci étaient restés chez lui, posés sur son nouveau grand bureau plat, attendant de lui être prochainement utiles.

Il faudra que j'essaye le GPS, se dit-il. Superman n'en avait pas, et je demande bien comment il faisait, sans même une boussole… Son créateur a dû oublier…

Maintenant que « c'était fait », il éprouvait une immense sensation de liberté qu'il n'avait encore jamais connue. En l'air, il songeait à tout ce qu'il avait prévu de faire, sans que rien ni personne ne puisse jamais l'en empêcher – et il trouverait encore d'autres idées, avec le temps.

Non, il ne s'ennuierait pas ; il le savait.

La seule ombre de ce merveilleux tableau, finalement, n'était que la palme qui exacerbait un peu la douleur de son pied en serrant celui-ci. Il était tout de même dommage que sa nouvelle existence doive être perturbée par ce petit bobo qui, il le savait, ne guérirait pas jusqu'à son dernier jour.

Encore quelques heures plus tard, il parvint enfin à identifier la minuscule tache grise au sud de celle, plus grande et mate, du grand cimetière de la capitale. Il était heureux d'être enfin arrivé. Il avait vraiment envie d'aller se coucher, cette fois, de vivre son premier jour de vie dans l'autre dimension temporelle par le repos.

Il avait tout son temps.

CHAPITRE VIII

OUIJA ET TABLE TOURNANTE

Théodore Arenson aurait bien voulu rouler plus vite, mais il y avait maintenant une pluie battante. Les essuie-glaces parvenaient à peine à remplir leur fonction. Les gouttes martelaient le toit en faisant un bruit de poignées de graviers. Cela ne faisait jamais qu'un peu plus de dix heures que Robert Haas avait disparu de la bulle, mais selon l'échelle de temps de ce dernier, il était parti il y avait près de sept mois.

La question de savoir s'il était encore en vie n'était nullement saugrenue.

Comment avait-il vécu durant tout ce temps ? Sa maladie avait-elle évolué, contrairement à ce qu'ils avaient espéré ? se demandait Théodore Arenson. Il a pu avoir un accident en volant, une fracture, ou… n'importe quoi. Tout était possible, y compris l'impensable : ce qu'ils n'auraient jamais pu prévoir.

Il était pourtant inutile de se presser ; ils avaient convenu de se retrouver à dix heures précises dans le salon de la grande demeure, et pas avant. Arriver une ou deux heures en avance là bas, cela faisait des semaines d'écart pour Robert Haas. Il pourrait tout de même entrer dans la maison pour attendre l'heure exacte, mais il resterait dans sa voiture jusqu'au dernier moment pour ne pas dérouter son ami. Il franchirait la porte à dix heures moins cinq, et ainsi tout se déroulerait exactement comme prévu.

Il avait eu toutes les peines du monde à trouver une place de stationnement de libre. Il avait franchi le portail métallique et se tenait maintenant devant la porte, trempé. Il releva son poignet près de son visage, et parvint à lire avec difficulté sur le cadran de sa vieille montre mécanique : neuf heures cinquante-six, ou peut-être cinquante-sept. C'est à ce moment-là qu'il fit soudainement jour durant une fraction de seconde, puis la lumière fut suivie d'un grand fracas.

Un orage, au mois d'avril… déjà ? se dit-il, encore surpris par l'intensité du bruit. Que pouvait en entendre Robert, à son échelle de temps ?

Il tourna la clé dans la serrure – la seconde n'était pas verrouillée. La porte s'ouvrit sans difficulté, mais c'était tout à fait normal. Dans le couloir, la lumière était déjà allumée — et d'ailleurs, elle était allumée dans toute la maison. Cependant il n'entendit aucun bruit. Il bifurqua à droite et parcourut les quelques mètres de couloir, puis, lorsqu'il fut sur le point d'arriver à l'endroit où la porte de la cuisine et la deuxième du salon se faisaient face, un courant d'air froid lui fouetta le visage.

Au moment même où un frissonnement

incontrôlable lui parcourut l'échine, il y eut un bruit indéfinissable : ce fut comme si quelque chose avait raclé le plancher du salon. Il tourna la tête en direction de cette pièce, mais il ne vit rien. Il franchit le seuil de la porte à pas lents, prudemment : la longue table se trouvait presque en face de lui, un peu sur sa droite, déjà illuminée par le grand lustre.

Il lui fallut quelques secondes pour réaliser que quelque chose avait changé dans la pièce, tant il était tendu et guettait le moindre signe de la présence de Robert Haas. L'extrémité de la table proche de la cheminée était encombrée d'objets qui ne lui étaient pas familiers : il s'agissait de pendules anciennes et de petites boîtes en bois d'aspect ancien qu'il n'avait encore jamais vu ici.

Il releva légèrement les yeux, et vit alors que des livres étaient à nouveau disposés sur le fronton de la cheminée et de chaque côté de celle-ci, rangés sur les étagères qui avaient auparavant porté les romans à l'eau de rose. Mais il y en avait maintenant bien plus qu'il n'y en avait jamais eu en cet endroit. Et puis il remarqua, en tournant la tête vers la gauche, que des étagères bibliothèques d'aspect neuf avaient été disposées entre chacune des fenêtres, contre le long mur faisant face à la rue. Leurs rayonnages étaient remplis, eux aussi, et c'est cela qui changeait totalement les apparence et atmosphère de cette pièce.

Puis le souvenir de leur plan revint dans son esprit, et il ramena son regard vers l'endroit de la longue table où ils avaient partagé leurs derniers dîners. Quelques feuilles de papier étaient posées devant sa chaise, et quelque chose était écrit dessus, en lettres manuscrites.

Il fit encore quelques pas vers la table, et reconnut l'écriture de Robert Haas. Un sentiment confus de soulagement et d'excitation mêlés l'envahit, et il fut certain que tous ses muscles avaient été tendus jusqu'à l'instant de cette découverte, car il pouvait les sentir se relâcher maintenant. Il tira sur la lourde chaise de fer forgé, et s'assit à la table.

Le choc sourd et bref le surprit aussitôt qu'il se fut assis. Ce n'était pas le tonnerre, cette fois-ci. C'était clairement le bruit d'une de ces vilaines et lourdes chaises en fer forgé, heurtant lourdement le plancher. Lorsqu'il releva son regard de la lettre qu'il s'était apprêté à lire, il vit la chaise lui faisant face, de l'autre côté de la table, se déplacer brusquement en arrière d'une bonne cinquantaine de centimètres.

Un frisson lui parcourut le bas du dos ; il avait stoppé sa respiration, presque inconsciemment, fixant le dossier de la chaise lui faisant face, concentré sur l'écoute du prochain signe de vie. Ce ne pouvait être que Robert Haas, bien sûr, mais il était tout de même impressionné et demeurait conscient que des mois s'étaient écoulés pour son ami. Ce dernier pouvait fort bien se trouver dans une disposition d'esprit qu'il ne lui avait jamais connu auparavant, après des mois d'isolement.

Au bout d'un instant qui lui sembla interminable, il vit peu à peu apparaître une forme massive et floue sur la chaise. La forme était blanche tirant sur le beige sable – chair, plus exactement – et elle était surmontée d'une tache plus petite et noire, de la taille d'une tête d'homme. En se concentrant sur cette boule de ouate noire, il distingua peu à peu deux larges formes vaguement rondes en un endroit qui correspondait à des yeux.

Non seulement Robert Haas était vivant, mais il était manifestement en bonne santé. Il venait de s'asseoir en face de lui, de l'autre côté de la table, à sa place habituelle, et il portait son masque respiratoire. Les deux ronds aux bords flous étaient les larges verres anti-UV.

Robert Haas le regardait silencieusement, puisqu'aucune communication verbale n'était possible entre eux. Mais, malgré le bruit de la pluie violente qui battait furieusement les volets de métal, il parvint tout de même à entendre un sifflement discontinu : succession très rapide de notes aiguës identiques. C'était le filtre du masque respiratoire.

Pour qu'il puisse nettement voir le corps et la tête de son ami, fallait-il encore que ce dernier puisse arrêter de respirer durant plusieurs dizaines de minutes, et soit capable de demeurer parfaitement immobile durant le même laps de temps – ce qui était humainement impossible. C'était comme s'il regardait un esprit, un fantôme, ou quelque chose comme ça, tel que certains films fantastiques les représentent : effrayant.

Il y eut une sonnerie de pendule, ou plutôt de carillon ; puis une autre plus forte. Le bruit s'amplifia, car les sonneries et les carillons se multiplièrent, comme par magie. Les bruits provenaient de toute la maison et emplissaient l'espace jusqu'à faire oublier celui de la pluie. Certains provenaient du bout de la table, là où se trouvaient plusieurs petites pendules de différents styles et genres que Théodore Arenson n'avait encore jamais vues ici.

La scène était irréelle. Qu'est ce que tout cela signifiait ? Pourquoi toutes ces pendules ? Que voulait lui faire ainsi comprendre son ami ? Et puis surtout, d'où provenaient toutes ces pendules ?

Il s'attarda encore quelques secondes sur le masque de Robert, tout en se disant que chaque seconde qui s'écoulait représentait huit minutes et vingt secondes pour ce dernier. Il baissa les yeux vers la lettre posée sur la table, et entreprit de la lire aussi rapidement qu'il le put pour ne pas rendre l'attente plus longue encore pour le fantôme de son ami.

Un nouveau coup de tonnerre retentit, tout aussi violent que le premier, mais cependant assourdi par les murs de la maison. Les carillons s'étaient tus. Lui qui avait été si anxieux de revoir son ami durant toute cette interminable journée, se trouvait maintenant oppressé par l'étrange climat de cette rencontre. Il avait presque peur, mais il aurait été incapable de dire de quoi. La raison de cette peur était dans l'air, partout autour de lui, insaisissable et indéfinissable, tout comme l'était la forme floue et silencieuse lui faisant face.

Il parvint à baisser à nouveau les yeux vers la lettre, mais il dut faire des efforts pour se concentrer sur sa lecture, même s'il brûlait d'impatience de savoir ce qu'elle disait. Il remarqua tout de même les absurdes inscriptions dessinées à la craie à même le plateau de la table, juste devant lui : *oui, pas sûr, non,* puis il en compris la raison.

« Théodore,

Je vous ai écrit cette lettre il y a seulement quelques heures, pour que les nouvelles soient fraîches. Mon départ du Centre, puis mon arrivée ici, se sont très bien passés. Je me suis fort bien familiarisé avec ma nouvelle vie ; ses avantages et ses contraintes. La nourriture manque de variété, comme vous le savez, et je n'ai pas trouvé de nouveauté véritablement satisfaisante. Se laver n'est pas très commode non plus (c'est fastidieux, mais possible). Faire couler un bain prend un temps fou. J'ai dû renoncer au rasoir électrique. Je me fais des cafés au micro-ondes, en utilisant de l'eau du robinet déjà un peu chaude, et du coup je n'ai plus que six heures à attendre pour que l'eau soit chaude. Il s'agit juste de mettre le four à micro-ondes en route avant d'aller me coucher, et voilà, le tour est joué… Depuis un mois environ, à mon échelle de temps, j'ai entrepris d'essayer tous les grands restaurants de la capitale, et j'ai fait quelques trouvailles intéressantes pour mon alimentation. Malheureusement, d'ici deux ou trois mois, ils vont commencer à fermer les uns après les autres pour un bon bout de temps.

L'attente de vous revoir m'a paru interminable. Ne plus jamais pouvoir entrer en contact avec quiconque, alors qu'il y a tant de monde dans cette ville, n'est pas toujours facile à accepter. J'ai l'impression de vivre au pays des escargots, ou dans un gigantesque parc d'attractions sur le thème des figures de cire. Le silence est parfois oppressant.

En compensation, je suis devenu un as de la voltige, et j'ai trouvé de quoi occuper toutes mes journées. La lumière du jour a considérablement décru depuis quelques semaines, et il pleut depuis maintenant deux mois sans interruption, à mon échelle de temps. Mais je sais comment tirer profit de la longue nuit qui s'annonce. Ne vous inquiétez pas pour moi.

La copie de mon testament se trouve sous cette lettre, dans l'enveloppe. Vous la lirez après cette première rencontre, et vous m'écrirez vos pensées à son propos. J'ai prévu que nous nous revoyions à minuit pile, tout à l'heure, ce qui fait pour moi aux environs de 41 jours à compter de l'instant où vous lisez cette phrase (si vous êtes bien arrivé ici à l'heure pile). Profitez également de ce temps pour jeter un coup d'œil sur les petits changements dans la maison ; c'est en rapport avec ce que dit mon testament, et les mystères que j'avais faits à ce propos ; vous le comprendrez bien vite.

Vous ne pourriez imaginer tout le bonheur que j'éprouve de savoir que vous allez passer la nuit ici, ce qui garantit pour moi votre présence en ces lieux durant plus de six mois.

À « bientôt » pour moi, et à tout à l'heure pour vous.

Robert. »

Lorsqu'il releva les yeux pour regarder à nouveau la silhouette floue, celle-ci avait disparu. Il regarda immédiatement sa montre : il était 10 heures 07. Il estima que Robert Haas avait dû rester assis en face de lui durant deux bonnes minutes, et il compatit. Dans la dimension temporelle de son ami, cela représentait… seize heures ! Il se dit que ce n'était pas possible. Robert avait forcément dû se lever de temps à autre, pour aller boire, se dégourdir les jambes ou autre chose.

Il demeura un instant immobile, la lettre dans les mains ; deux gouttes d'eau étaient tombées dessus depuis sa tête et en délavaient des mots. Il reposa la feuille, se leva, et posa sa veste sur le dossier de sa chaise. Puis il se dirigea vers la salle de bain pour aller se passer un coup de serviette sur les cheveux et le visage.

Il revint dans le salon, et observa la porte dans le fond de celui-ci, vers la gauche : elle était grande ouverte. Il voulut alors en avoir le cœur net et fit fi de l'intimité de Robert Haas, tant sa curiosité lui semblait justifiée. Lorsqu'il arriva dans l'encadrement de la porte, il vit immédiatement la silhouette vaguement humaine et floue couchée sur le côté, sur le grand lit, vraisemblablement en position fœtale.

Robert Haas ne dormait pas sous les draps.

Il contempla l'étrange spectacle durant encore quelques secondes, tant il trouvait celui-ci fantastique, puis il fit demi-tour et revint s'asseoir à la table. Il avait faim, mais il n'avait pas la patience d'attendre d'avoir mangé pour lire le contenu de l'enveloppe.

L'en-tête manuscrit indiquait le nom, « *Robert Haas* », souligné d'une date et d'un lieu de naissance, puis de l'adresse de cette maison. Puis venaient le titre, « *Testament* », et enfin le texte. C'était une simple page dont le contenu était étonnamment court et rédigé en petits caractères serrés.

« Moi, Robert Haas, lègue en la présente la totalité de mes biens et argent à Monsieur Théodore Arenson, propriétaire en titre de la maison où ce dernier m'a logé à titre gracieux et au nom de l'amitié qui nous unit.

Je souhaite également restituer à leurs propriétaires respectifs tous les biens se trouvant dans cette même maison, sise à l'adresse figurant à l'en-tête du présent testament. Une liste des noms de ceux-ci, personnes physiques et morales, se trouve dans un cahier noir rangé dans le tiroir de droite du grand bureau plat de ma chambre. Chaque nom est suivi de la liste des objets leur appartenant, et qui leur ont été empruntés pour une durée ne devant pas excéder quarante jours. L'éventuel préjudice entraîné par le prêt involontaire de ces objets pourra être compensé en numéraire par prélèvement dans mes économies, celles-ci se trouvant dans un coffre de banque dont l'adresse figure ci-dessous, et dont la clé se trouve dans le même tiroir que le cahier répertoriant mes emprunts. »

Le texte était suivi de l'adresse d'une agence bancaire située dans le même quartier que la maison, puis de la mention, «*fait à... le...* », puis de la signature de Robert Haas.

Il releva les yeux, intrigué, puis se tourna vers la droite de la table, là où les pendules et boîtes en bois étaient serrées les unes contre les autres, semblant attendre d'être mieux rangées et mises en valeur.

Il se leva, fit deux pas, saisit une boîte – celle-ci était un cube d'environ dix centimètres d'arête – et en fit basculer les jolis petits verrous de laiton brillant manifestement assez anciens, et l'ouvrit.

Il s'agissait d'un très beau chronomètre de marine. Un nom et une date étaient joliment gravés sur celui-ci, en écriture moulée : « *Harrison 1772* ».

L'objet était brillant et en parfait état de conservation. De plus, la fine aiguille jaune – en or, apparemment – se déplaçait par à-coups sous le verre. Il s'agissait d'une véritable pièce de musée, sans conteste. Il releva les yeux vers les pendules, toutes en fonctionnement, ainsi que l'avaient déjà indiqué leurs sonneries : elles partageaient en commun une très grande beauté et des mécanismes complexes et parfois même étranges – certaines affichaient les semaines, les mois, les phases de lune et des mouvements de planètes. Il jeta un coup d'œil à sa montre : toutes ces pendules étaient à l'heure, à la minute près au moins.

Il reposa la boîte en bois et en saisit une autre. Cette autre-ci fermait à l'aide d'une petite clé en place dans sa minuscule serrure. Il l'ouvrit, et découvrit un mécanisme des plus complexes dont les rouages et les ressorts apparents étaient en mouvement. « *Breguet 1675* » était gravé sur le mécanisme.

Il commençait à comprendre ce dont parlait Robert Haas dans son testament. Il en fut abasourdi. Il reposa cette autre boîte sur la table, sans la refermer elle non plus. Il se tourna de nouveau vers la porte de la chambre, puis s'avança à grandes enjambées vers celle-ci. Il savait que le bruit de ses pas, situé trop bas dans les fréquences graves à l'échelle de temps de Robert Haas, ne le réveillerait pas. Mais quand il franchit l'encadrement, il vit alors que la forme floue sur le lit ne s'y trouvait plus.

Il ouvrit le tiroir droit du bureau, et trouva bien vite le cahier noir. Il le posa sur le plateau du meuble en chêne foncé ciré, l'ouvrit à la première page et lut.

Le premier nom, suivi d'une adresse, était celui de la librairie de livres anciens où Robert Haas aimait bien aller, presque à l'exact centre de la capitale. Le nom et l'adresse, précédés d'un trait de stylo tracé avec soin, étaient suivis d'une liste de titres dont le premier était : *« A Study of History, by Arnold Toynbee, 12 vol. 1961 (édition originale complète et non abrégée). »*

La deuxième disait :

« De Jure Belli ac Pacis, par Hugo Grotius, 1 vol. 1631 (édition originale d'époque). »

La liste se poursuivait ainsi sur tout le reste de la page.

Il tourna frénétiquement quelques pages, et s'arrêta sur un autre nom de boutique appelée, *la Machine à remonter le temps.* Un autre trait de stylo bille s'interposait entre ce nom et la fin d'une liste de pendules. La première ligne suivant ce nom disait : « *Horloge électronique à affichage des millièmes de seconde par tubes « NIXIE », construite en 1965 par Burroughs Corporation.* »

Il se redressa, et réalisa cette fois-ci complètement tout ce que tout cela signifiait. Profitant de sa vitesse de déplacement qui le rendait invisible, Robert Haas avait entrepris de dérober – ou plutôt « d'emprunter temporairement », selon son entendement – tous ces livres et pendules pour se constituer un musée personnel dans cette maison. Le volume en rendait la chose possible, en effet. C'était pour cette raison que Robert Haas lui avait demandé de faire réaliser un nouveau sac à dos rigide de grande taille…

Et c'était également pour cette raison que son ami disait ne plus s'ennuyer. Robert Haas avait dû planifier tout cela en secret, bien avant de partir. Et cela expliquait ce mystère qui avait entouré cette histoire de testament, dont il avait dit qu'il parlait plutôt de « restitution » que de legs.

Il se retourna vers le lit où dormait Robert Haas ; la forme fantomatique n'était toujours pas là. Mais il était convaincu que son ami l'avait vu lire le cahier, et ce dernier avait choisi de le laisser faire sans se manifester, pour qu'il découvre et réalise maintenant ce qu'il lui avait caché. Était-il encore dans la maison, ou parti « à la chasse aux livres et aux pendules », ou en train de prendre un repas dans un restaurant de luxe ?

Il revint dans le salon, à pas lents cette fois, et examina les étagères bibliothèques toutes neuves disposées le long des murs du salon. Robert Haas les avait achetées avant de partir ; il avait tout planifié pour sa nouvelle vie dans l'autre dimension temporelle – avec grand soin, apparemment.

S'il savait que Robert Haas adorait les livres, il avait toujours tout ignoré de cette autre passion pour les horloges et les chronomètres de précision.

Mais non… se reprit-il, en pensée. Il ne s'est découvert cet attrait pour l'horlogerie de précision que depuis très peu de temps, après son départ bien sûr. Ça, ce n'était pas prévu…

Mais pourquoi ?

Qu'attendait-il de toutes ces horloges ? Son long séjour dans une autre dimension temporelle avait-il fini par le traumatiser, et donner lieu à l'apparition chez lui d'une névrose obsessionnelle ou d'une manie ?

L'orage fit un nouveau fracas, plus fort que le précédent, et il put voir cette fois des lignes lumineuses bleutées apparaître en même temps par tous les interstices des volets fermés.

Il s'approcha d'une étagère bibliothèque et lu les titres de quelques livres ; certains étaient tout à fait récents. Ils avaient l'air d'avoir été rangés par thèmes, et il était tombé sur la cryptographie.

Il n'a tout de même pas pu lire tous ces livres en seulement sept mois, se demanda-t-il. Puis il se dit qu'il aurait tout le temps de jeter un coup d'œil aux autres étagères plus tard, dans la nuit, car il aurait probablement du mal à trouver le sommeil.

Il se dirigea vers la cuisine, toujours à pas lents, songeur et encore secoué par ces découvertes et par le choc d'avoir eu affaire à son ami de cette manière. L'image fantomatique revenait dans son esprit, tant il l'avait trouvé impressionnante.

Il ouvrit l'une des deux portes du grand réfrigérateur. Celui-ci était plein à craquer, mais il ne s'en trouva qu'à moitié surpris. Il remarqua une grosse pile de plaquettes de saumon fumé ; il en prit une et la posa sur le plan de travail, puis il prit un paquet de blinis, un pot de crème fraîche déjà entamé, et un demi-citron.

C'est en cherchant un couteau pour décacheter la plaquette de saumon que son regard s'arrêta sur des bouteilles de vin alignées sur un meuble de rangement. La première étiquette qu'il lut disait, « *Shafer, Napa Valley, Relentless* ». C'était un vin rouge américain, et l'étiquette du prix était encore dessus. Il lut, « $95 ». La bouteille située immédiatement à côté était un vin blanc, un grand cru également, dont la petite étiquette de prix disait cette fois-ci, « $650 ». Il y avait encore une bonne dizaine de bouteilles, dans les mêmes prix.

Il se redressa.

Et ça, comment compte-t-il le rembourser ? Avec l'avance sur salaires que je lui ai donnée ? Ce n'est tout simplement pas possible… Il y en a déjà pour près de cinq mille dollars, sur ce meuble !

Il s'interrompit alors, pour s'exclamer, d'une voix

basse :

— Mon Dieu !

Il y avait plus que ce qu'il restait de cette avance sur salaire, dans le coffre de la banque ; c'était certain. Et cet argent-là, Robert Haas ne l'avait pas emprunté…

Il tenta de recouvrer son calme, puis il mangea, rapidement. Après quoi il rédigerait sa réponse pour leur prochain rendez-vous de minuit. Et puis, il lui fixerait un nouveau rendez-vous pour une heure du matin. Il n'en avait plus rien à faire de passer une nuit blanche, et il ne parviendrait jamais à trouver le sommeil de toute façon. Il prendrait son repas dans la cuisine. Il retourna dans le salon prendre un des chronomètres de marine anciens, et le posa sur le plan de travail de la cuisine, bien en vue, pour surveiller l'heure tandis qu'il dînerait.

À 11 heures 59 et 30 secondes, il était assis à sa place, à la table du salon, faisant face à la chaise sur laquelle l'image fantomatique de Robert Haas devrait bientôt apparaître.

Puis il y eut à nouveau un coup sourd sur le parquet. C'était le bruit des pieds de la chaise dont devait se servir Robert Haas pour signifier qu'il était là, à nouveau en face de lui.

Moins d'une seconde plus tard, en effet, l'image fantomatique se forma sous ses yeux – Robert Haas devait probablement ajuster sa position sur la chaise avant de se tenir immobile. Toutes les pendules se mirent à sonner dans la maison, encore, les unes après les autres, tout d'abord, puis de concert.

Il eut, durant un bref instant, l'impression que tout cela n'était pas réel, qu'il devait certainement rêver.

Il fit glisser la feuille sur laquelle il avait rédigé sa réponse – et ses questions – vers la silhouette floue, d'un geste lent de la main. Puis la feuille lui échappa soudainement de la main avec un bruit de froissement. Cela avait été si soudain et si brutal qu'il en fût effrayé, à nouveau. La feuille s'immobilisa de l'autre côté de la table.

C'est à cet instant qu'il fit glisser un petit morceau de papier sur lequel il venait d'écrire la question :

« Avez-vous volé de l'argent, Robert ? »

Le petit bout de papier lui échappa des mains de la même manière, puis, en moins de temps qu'il n'en fallait pour le dire, il réapparut devant lui, sous ses yeux, comme si celui-ci s'était matérialisé. Le papier était tourné de manière à ce qu'il puisse le lire immédiatement. Il vit la question qu'il venait d'écrire au stylo bille noir, puis la réponse, juste en dessous, plus courte encore et écrite à l'encre bleue, convenablement calligraphiée malgré la vitesse ahurissante à laquelle elle avait été rédigée :

« J'ai volé des voleurs. »

Il fit aussi vite qu'il le put pour ajouter sous cette dernière ligne :

« Précisez ? »

Le bout de papier lui revint tout aussi rapidement, avec la mention :

« Il s'agit de criminels connus de la police, mais

qu'il est impossible d'arrêter faute de preuves. J'estime donc n'avoir volé personne. Profitez du vin. J'ai placé une somme correspondant à leur prix dans le tiroir-caisse du sommelier qui les vendait. »

Il se leva alors légèrement, et se pencha prudemment par-dessus la table, pour poser son doigt sur la dernière ligne du texte de la feuille de papier qu'il avait donnée en premier. La ligne disait :

« Je n'ai pas sommeil ; revoyons-nous à 1 h. »

La feuille disparut presque instantanément de sous son doigt, puis elle réapparut presque aussitôt, retournée vers lui et à gauche de son doigt qu'il n'avait même pas eu le temps de retirer. Sous la phrase qu'il avait montrée du doigt, avait été ajouté, toujours en bleu :

« Avec plaisir. Je serai là. »

Puis la feuille disparut à nouveau dans un bruit de froissement sec, et la silhouette fantomatique à tête noire aussi, silencieusement quant à elle.

Robert Haas était reparti, dans l'espace et dans le temps, il n'était aucunement exagéré de le dire.

Il jeta un coup d'œil au chronomètre de marine qu'il avait rapporté et posé à côté de lui ; cette entrevue avait duré une minute et trente-quatre secondes, c'est-à-dire 13 heures et quelques minutes selon l'échelle de temps de Robert Haas. Il en fut abattu en prenant conscience de la patience que cela avait dû demander à son ami, pour si peu… Ce mode de communication était désespérant, ou plutôt affreusement frustrant. Il se dit qu'il lui épargnerait l'échange de morceaux de papier au prochain rendez-vous. Il allait d'ailleurs le lui expliquer sur un autre petit message qu'il échangerait contre les réponses de ce dernier, dans moins d'une heure maintenant.

Un peu tard maintenant qu'il avait pris son dîner, il retourna dans la cuisine et entreprit d'ouvrir cette bouteille de *Shafer* rouge à 95 dollars, pour voir si le prix si élevé en était justifié. Il n'avait encore jamais bu de sa vie un vin aussi cher. Il avait tout de même choisi la bouteille la moins chère de toutes celles qui se trouvaient sur le meuble.

Lorsque le chronomètre de marine indiqua 6 heures et 12 secondes, et que le fantôme de Robert Haas disparut pour la dernière fois, il avait accumulé assez de réponses, d'explications et de commentaires à lire à tête reposée, pour occuper son esprit durant plusieurs heures. Il replia en quatre le paquet de feuillets que lui avait remis Robert, et alla le placer dans la poche intérieure de son veston, contre son portefeuille. Puis il se redressa ; une hésitation le prit à cet instant précis. Il avait dormi durant toute la semaine ici, et s'était comme s'il ne s'en souvenait déjà plus. Ou plutôt, comme s'il avait dormi pour la dernière fois ici il y avait des mois. Il ne se sentait plus du tout chez lui. Son esprit commençait à fonctionner au ralenti. Il n'avait pas fermé l'œil de la nuit – les sonneries des pendules l'en auraient empêché de toute manière –, et il avait bu à lui seul les trois quarts de la bouteille de ce merveilleux *Shafer* rouge. Il lui restait une heure pour prendre une douche, son petit déjeuner, puis se changer avant de repartir au travail.

Mais il parvint à se dire que lorsqu'il aurait rattrapé son sommeil perdu, il réaliserait alors pleinement qu'il venait de vivre la nuit la plus fantastique de toute sa vie – le mot fantastique était parfaitement approprié – sauf que, le réalisa-t-il aussitôt… Robert serait encore là ce soir !

Il n'y avait absolument pas songé. Il n'avait pas songé une minute qu'il aurait nécessairement besoin de sommeil ce soir, et qu'il perdrait donc une journée entière de communication avec son ami qui aurait définitivement disparu dans environ un mois.

Cette découverte l'abattit, encore.

À regret, habité par un sentiment de profonde culpabilité, il rédigea un dernier message qui expliquait ce nouveau problème ; il le déposerait sur la table avant de partir.

Serait-il possible de retourner accomplir une journée de travail après deux nuits sans sommeil, se demanda-t-il en sortant de la maison ?

CHAPITRE IX

LE STYLO D'ALBERT EINSTEIN

Ce n'était qu'un hasard, bien sûr, mais le fait que ses premiers échanges avec Théodore se fussent déroulés durant une nuit d'orage, « longue de huit mois », lui semblait troublant. Robert Haas se dit que son ami avait certainement dû s'en étonner, lui aussi. Il était assis à la table et venait de lire le dernier message de Théodore. Maintenant, il ne le reverrait plus avant huit mois, et encore ne le reverrait-il qu'une seule fois, puisqu'il fallait bien que ce dernier rattrape ses heures de sommeil perdues. Il se dit avec regret qu'il eût encore été préférable que Théodore aille dormir après leur échange de minuit ; mais la curiosité – et sans aucun doute l'excitation – du vieil homme avait dû être trop forte, légitime et compréhensible.

Lui aussi n'aurait certainement pas voulu dormir, ni ne l'aurait pu, s'il avait été à la place de Théodore Arenson. Et puis, cette expérience, sa décision, sa disparition, les changements et autres perturbations diverses, étaient peut-être plus éprouvants encore pour Théodore qu'il se l'était figuré. Théodore n'avait rien gagné de sa découverte ; sa vie ne s'en était trouvée aucunement améliorée, bien au contraire. Tandis que lui, il pouvait voler dans les airs, aller où il le voulait quand il le voulait, satisfaire ses caprices à quelques exceptions près.

À vrai dire, conclut-il, en appui sur ses avant-bras croisés sur la table, regardant sans vraiment la voir l'aiguille des secondes parfaitement immobile d'un splendide chronomètre de marine, Théodore n'avait, ni même ne pouvait, gagner quoi que ce soit de toutes les expériences se rapportant à sa découverte. C'était même une catastrophe pour son vieil ami, puisque cela lui avait coûté la perte de leur relation, celle de la jouissance exclusive de cette grande maison, plus 25 000 dollars – sans parler des soucis qu'il devait maintenant se faire…

Même si Théodore devait partager sa découverte avec ses collègues de travail, pour enfin la révéler au monde, c'était tout de même préférable, et de loin.

Sans pouvoir les voir parce qu'il leur tournait le dos en cet instant, il savait que les interstices des volets du salon brillaient, maintenant. Il se leva, et alla jusqu'à l'interrupteur près de la porte. Il se retourna pour contempler un instant le spectacle des filaments des ampoules du grand lustre dont la vive lueur décrut lentement, en tirant peu à peu vers l'orange, puis vers le vermillon, puis vers un rouge cerise, et ainsi jusqu'à ce que le brillant du simple métal froid apparut à nouveau – le phénomène se répéterait à l'envers à la tombée de la prochaine nuit, dans un an et quinze jours, environ.

Ce n'était jamais qu'une nuit pour Théodore, mais à son échelle de temps, à lui, les choses étaient fort différentes. Il avait eu tout le temps de peser et reconsidérer chacun des mots des réponses qu'il lui avait adressées.

Il ne pouvait prévoir avec précision les réactions futures et les motivations profondes d'un homme, si intelligent de surcroît. Mais il y avait tout de même une logique que ce dernier devrait admettre, tôt ou tard. Le seul problème était que, contrairement à ce qu'il en était pour lui, Théodore ne jouissait quasiment d'aucun délai pour prendre une décision. L'homme de science à l'esprit si rationnel devrait se résigner à agir sur un coup de tête, ce qui, il le savait, était l'une des choses qui lui répugnaient sans doute le plus au monde. Puis il sourit intérieurement, lorsqu'il se dit que son ami avait bien consenti à ouvrir – et à boire presque entièrement, de plus – l'une des bouteilles de grands crus qu'il avait ostensiblement posées sur le grand meuble de cuisine. Théodore avait choisi la moins chère, mais il l'avait ouverte, et bue.

Quoi qu'il en soit – il en revenait toujours là dans sa réflexion –, il devrait maintenant attendre plus d'un an au moins avant que quoi que ce soit de nouveau se produise dans sa relation avec son ami. Cela lui laissait tout le temps de commencer sa collection de tableaux de la Renaissance. Dürer et Botticelli étaient les artistes de cette époque qui le frappaient le plus. Aussi, il avait appris à apprécier la fascinante ambiguïté des toiles de

Georges de la Tour, depuis. Malheureusement, *Le Tricheur à l'As de Carreau* était bien trop grand pour tenir dans la coque du grand sac à dos que Théodore avait fait réaliser pour lui – il n'avait songé qu'à de petites toiles de la période Renaissance, lorsqu'il avait demandé à Théodore de le lui faire fabriquer.

Il venait de faire une petite pause avec les mathématiques, pour se consacrer à la lecture d'auteurs de science-fiction lorsqu'il restait à la maison ; il avait déjà lu l'intégralité de l'œuvre d'Arthur C. Clarke, celle d'A. E. Van Vogt et de quelques autres encore.

***

Il était concentré sur la lecture de *De la Démocratie en Amérique*, de Tocqueville, lorsqu'il entendit pour la première fois un *vrai* bruit. Depuis qu'il s'était exilé dans cette dimension temporelle, il n'avait jamais rien entendu d'autre que ce murmure grave dont l'intensité fluctuait au gré des endroits où il se trouvait, toujours dans les fréquences très basses. Mais là, on eut plutôt dit un gargouillement sous de l'eau, exactement comme lorsqu'il lui arrivait de penser à voix haute, mais en plus distant et en un peu plus étouffé.

Et puis surtout, il n'avait *pas* pensé à haute voix.

Il releva juste un peu les yeux, sans déplacer le reste de son corps en appui sur le grand bureau plat, derrière lequel il avait pris l'habitude de s'installer pour lire.

La vision qu'il eut alors le surprit, bien sûr ; comment aurait-il pu en être autrement ? Mais ce n'était tout de même qu'une demi-surprise, puisqu'il avait prévu depuis longtemps ce qui était en train de se produire sous ses yeux.

Que Théodore Arenson se trouvât dans l'encadrement de la porte de sa chambre n'était pas un évènement véritablement surprenant ; il allait forcément revenir et cela n'avait été qu'une question de temps, encore. Ce qui le surprit, c'était le jour, le mois, la phase de lune et l'année qu'affichait l'extraordinaire pendule de bronze du XVIIIe siècle qu'il avait placée sur son bureau, bien en face de lui – une pièce unique qu'il avait trouvé dans un Musée de l'Horlogerie assez éloigné de le capitale, et qui lui avait coûté un voyage de près de quatre semaines. C'était grâce à cette pièce de maître horloger en particulier qu'il pouvait avoir une réelle notion du temps à long terme. Celle du temps à court terme impliquait qu'il ramenât chez lui une horloge atomique au césium, mais la plus petite qu'il avait pu trouver jusqu'à présent était trop grosse pour tenir dans son sac à dos, et trop lourde de toute façon pour qu'il puisse s'envoler avec. À défaut, ce que lui disaient les jolis tubes électroniques NIXIE de l'horloge *Burroughs Corporation* à affichage des millièmes de seconde, posée juste à côté de la vénérable pendule, confirmait ce que tentait de lui dire son intuition.

Mais ce qui le surprit définitivement, au point de lui faire interrompre sa lecture et renverser son buste contre le dossier de son fauteuil, fut de voir Théodore Arenson comme il ne l'avait encore jamais vu : nu comme un vers, à l'exception de son visage dont l'expression était masquée par un appareil respiratoire identique au sien.

Théodore Arenson ne bougeait pas, bien qu'il le regardât fixement. Ils demeurèrent tous deux immobiles durant un instant qui parut interminable ; Théodore Arenson, debout dans l'encadrement de la porte de la chambre, tenant une paire de palmes dans une main, et lui, adossé dans son fauteuil, derrière son bureau encombré.

Le coup de tête qu'il avait attendu de Théodore Arenson s'était bien produit, mais pas aussi rapidement qu'il l'avait espéré, et même prédit.

Il regarda encore la pendule de bronze doré, et vit que 23 jours, 14 heures, 28 minutes et 37 secondes s'étaient écoulés depuis qu'il était parti finir sa vie dans cette échelle de temps. L'horloge *Burroughs Corporation*, elle, disait que Théodore Arenson avait quitté la maison pour la dernière fois il n'y avait que 4 heures, 25 minutes, 2 secondes et 521 millièmes, selon l'échelle de temps de ce dernier, et environ 3 mois et 2 jours selon la sienne.

Il se leva, en signe de courtoisie, et, sans dire un mot, indiqua d'un geste de la main un fauteuil placé près de la cheminée de marbre de la chambre-bureau. Théodore Arenson amorça enfin un geste pour poser ses palmes, puis il fit quelques pas lents vers le fauteuil ; il le rapprocha du bureau. Robert Hass s'assit de nouveau, avec d'ostensibles calme et flegme ; Théodore Arenson fit de même.

Robert Haas saisit une feuille de papier vierge, et y écrivit :

« Vous y avez mis le temps ! Comment s'est passé votre premier vol ? »

Puis il tendit la feuille à Théodore. Mais Théodore ne la regardait pas ; il le regardait, lui. Il comprit alors pourquoi et retira son masque. Il vit les yeux du vieil homme s'écarquiller derrière les deux verres de son masque. La surprise que l'on pouvait lire dans ces yeux était presque de l'effroi, à vrai dire.

Comme Théodore ne prenait toujours pas la feuille qu'il lui tendait, trop absorbé par la contemplation de son visage, il la ramena vers lui et y ajouta :

« Eh oui, je suis devenu plus vieux que vous. Je suis sur mes 71 ans. Quel effet cela vous fait-il d'être le gamin, maintenant ? »

Puis il tendit à nouveau la feuille en direction de son ami, qui était toujours sous le choc.

Théodore Arenson prit enfin la feuille, puis le stylo bleu qu'il lui tendit après cela. Ce dernier lu, parut réfléchir durant quelques secondes – derrière les verres du masque flambant neuf, les yeux du vieil homme ne semblaient pas vouloir sourire – puis écrivit quelque chose juste en dessous de sa question, et lui rendit la feuille et le stylo.

Il lut :

« Je suis vraiment désolé. J'ai vraiment été stupide de ne pas prendre cette décision plus tôt. Je me sens coupable, encore plus qu'avant. Le vol a été une expérience extraordinaire, indescriptible. Je ne m'en

suis pas encore remis, et d'ailleurs je suis épuisé. Nous allons enfin avoir tout le temps d'échanger nos impressions, maintenant. »

Il répondit à celui qui était maintenant son cadet :

« Vous n'avez mis que 23 jours et 14 heures pour vous décider, à votre échelle de temps, après tout ; et puis ce n'était pas une décision facile. J'étais convaincu que vous finiriez par faire le pas, mais j'avais cru que cela se produirait un peu plus tôt. Ce n'est pas grave. Je suis tellement heureux que vous soyez enfin venu. Maintenant, vous pouvez voir de vos yeux que la maladie n'a pas évolué, et que je ne me porte pas si mal, pour un homme de mon âge. »

Il s'interrompit, fit un large sourire rusé en relevant les yeux vers les verres du masque de Théodore Arenson, puis se courba à nouveau pour ajouter :

« Quel truc avez-vous trouvé pour vous faire accélérer ? »

Théodore Arenson sourit largement sous son masque lorsqu'il lut la dernière phrase, puis il lui rendit un regard rusé qui devait être identique au sien, et écrivit :

« J'ai roulé un jeune stagiaire en lui faisant croire à une inspection de routine de la bulle. C'est un étudiant qui est encore à l'université et qui était venu en stage au Centre. J'avais choisi de le prendre sous mon aile parce que j'ai rapidement remarqué qu'il était particulièrement étourdi. Je lui ai expliqué que je devais effectuer une inspection de l'étanchéité du sas, alors qu'une expérience venait de démarrer, en réalité.

Je n'ai tout de même pas pu me déshabiller devant

lui avant de pénétrer dans la bulle, évidemment. J'ai dû y aller en chaussettes et en chemise, prétextant une histoire à dormir debout à propos d'électricité statique. Puis je lui ai dit de refermer et verrouiller la porte pour qu'il puisse me dire plus tard s'il m'entendait crier à travers. C'était à mourir de rire. Je lui avais dit qu'il devait appuyer sur le bouton vert situé à côté du verrou pour finaliser la fermeture du sas, puis d'attendre que celui-ci s'éteigne avant d'ouvrir à nouveau la porte.

Le bouton commandait aux ingénieurs qui se tenaient prêts dans la salle du bas de démarrer l'accélérateur, comme vous le savez. J'ai pris la place des échantillons, en somme. Et cet imbécile a tout fait exactement comme je le lui ai demandé. Il a dû griller un fusible, quand il a découvert que je n'étais plus dans la bulle. Mais je ne me sentais pas l'envie d'attendre des heures dans la salle juste pour voir sa tête. Je me suis dépêché de récupérer mes chaussures et mes vêtements, et puis j'ai emporté avec moi le second sac à dos que j'avais fait fabriquer, les palmes et le masque. Je les avais fait accélérer le matin même lors d'une précédente expérience. »

Théodore Arenson lui rendit la feuille ; ses yeux derrière les verres montraient bien l'hilarité.

Il la lut, puis la retourna, car il n'y avait plus assez de place pour écrire.

« Les gens du Centre vont rapidement s'inquiéter et lancer des recherches. Avez-vous organisé autre chose pour pallier à ce problème ? »

Théodore Arenson répondit :

« Oui. Je corresponds régulièrement avec un chercheur employé sur un accélérateur de particules linéaire, dans le sud du pays. Nous entretenons d'excellentes relations depuis maintenant cinq ou six ans. Je lui ai envoyé un courrier contenant une seconde enveloppe adressée au Ministère de la Recherche scientifique, en lui demandant de bien vouloir la poster pour moi dans un bureau de poste de sa région. Je lui ai expliqué que j'étais fatigué, et que je voulais détourner l'attention du Ministère en faisant croire, dans la lettre que j'ai rédigée, que j'étais parti me reposer dans le sud pour un mois. J'ai ajouté des excuses pour être parti si soudainement sans prévenir au préalable, en prétextant des problèmes de santé.

Il y a deux jours, j'ai invité le docteur Stein à déjeuner avec moi à Chimano, à la pizzeria dont vous avez cassé la vitrine, justement, et là je lui ai expliqué que mon jeune étudiant était non seulement étourdi, mais qu'en plus il semblait souffrir d'illusions, et que je suspectais qu'il consomme des stupéfiants.

Après ça, ce jeune imbécile pourra toujours raconter à qui il voudra que le directeur de recherche du Centre a soudainement disparu après être monté en chaussettes dans la bulle, pendant que l'accélérateur était en fonctionnement… »

Théodore Arenson lui tendit la feuille.

Robert Haas la lut, puis il éclata de rire. Mais le bruit de son rire ne fut qu'un gargouillis grave ; auquel fit cœur un second. Il prit une seconde feuille de papier, et écrivit :

« Félicitations ! Donc, si j'ai bien compris votre stratagème, on ne commencera à réellement s'inquiéter à propos de vous que dans un bon mois, à l'échelle de temps du monde normal ? »

Théodore Arenson répondit :

« C'est bien cela, en effet. Vous avez bien compris. Vous et moi serons morts depuis déjà pas mal de temps, à ce moment-là. »

L'homme lui rendit la feuille, tout en le regardant avec intensité cette fois-ci.

Il lut, puis éclata de rire de nouveau. Puis il vit ce corps à la peau aussi flétrie et blanche que la sienne se secouer de bas en haut, sous les spasmes d'un rire qui fit cœur avec le sien.

Alors que le rire partagé ne s'était pas encore éteint, Robert Haas se pencha pour ajouter sur la feuille :

« Avez-vous déjà songé à une marotte ou à un hobby ? La maison de votre oncle sera bien assez grande pour accueillir un autre thème de collection, ou des expériences. »

Il tendit la feuille à Théodore Arenson. Celui-ci écrivit, sans hésitation :

« Non. Je vais écrire. J'ai eu une idée de projet et je vais maintenant vous en parler, car j'attends de vous que vous y collaboriez. Il s'agit d'un livre. Vous m'enseignerez votre savoir en voltige aérienne durant nos pauses. »

Robert Haas afficha alors une expression rusée, ouvrit le tiroir central de son bureau, et en sortit un stylo-plume noir qu'il tendit à son ami tout en fixant ce dernier du regard avec une intensité plus grande encore.

Théodore Arenson prit l'objet et l'examina avec curiosité. Le stylo n'était pas neuf et il s'agissait manifestement d'un modèle ancien.

Lui en profita pour reprendre la feuille de papier des mains du scientifique, y écrivit quelque chose, et la tendit à nouveau sous ses yeux.

Théodore Arenson lut :

« Vous serez mieux inspiré en écrivant votre livre avec ce stylo, je pense. C'était celui d'Albert Einstein. Prenez-le comme un présent plutôt "relatif" ; il retournera dans la collection privée de laquelle il provient, après nos décès. »

ÉPILOGUE

Le Ministère de la Recherche scientifique commença à s'inquiéter sérieusement de ne plus voir réapparaître Théodore Arenson, environ deux mois après sa disparition. Une demande de recherches fut officiellement lancée par la police, et quelques premières investigations furent entreprises dans la ville d'où sa dernière lettre d'excuses avait été envoyée, puis dans toute la région avoisinante. Comme on n'y trouva nulle trace de l'éminent scientifique, ni le moindre témoignage de sa présence dans tout le sud du pays, la porte de son appartement de la banlieue de la capitale fut fracturée.

Là, non seulement on n'y trouva point son cadavre, contrairement à ce qu'on avait présumé, mais ni aucun indice non plus suggérant qu'il serait parti en déplacement pour plusieurs jours. Ses affaires de toilettes y étaient bien à leur place dans la salle de bains. Or on savait déjà qu'il n'avait pas utilisé ses cartes de crédit depuis sa disparition, ni son téléphone portable.

Plus troublant : la voiture de Théodore Arenson fut retrouvée vandalisée dans un terrain vague situé à seulement deux kilomètres et demi du Centre de Recherches en Physique fondamentale, réduite à l'état d'épave. Celle-ci avait manifestement été conduite ici, avant que des voleurs ne la désossent presque complètement pour en récupérer les pièces.

Ce ne fut que près d'une année après cela que l'on s'aperçut que Théodore Arenson était également propriétaire, par héritage, d'une grande maison bourgeoise située dans le centre de la capitale, dans le quartier du Grand Cimetière. La porte de cette demeure fut forcée par la police, et là, les enquêteurs furent stupéfaits par ce qu'ils y découvrirent.

La maison était un véritable musée, dont la collection était exclusivement constituée d'œuvres d'art – principalement des pendules et montres rares – ayant inexplicablement disparues de musées, collections privées et boutiques de marchands spécialisées durant l'année précédant cette découverte. On retrouva également deux cadavres d'hommes parfaitement momifiés, sans qu'aucun indice suggérant une opération d'embaumement ou de préparation ne puisse être trouvé.

En principe, le taux d'hygrométrie constaté dans la demeure, et le climat plutôt humide de la capitale interdisent toute possibilité qu'un cadavre puisse se momifier de lui-même. Pourtant, la position – assise derrière un bureau pour l'un, et allongée par terre dans la cuisine de la maison pour l'autre – indiquait avec certitude que l'endroit où l'on retrouva ces deux momies était bien celui où elles étaient toutes deux décédées de mort naturelle, à un âge assez avancé.

Un examen plus approfondi des deux momies fut alors demandé aux experts du Musée National d'Histoire naturelle. Là, on découvrit avec stupéfaction que celles-ci étaient très anciennes, et une datation au carbone 14 permit d'évaluer que le processus de leur momification avait dû se produire environ 490 à 580 ans auparavant.

Cependant, cette découverte fut formellement contredite par la présence de soins dentaires tout à fait contemporains, et même postérieurs au XXe siècle, et au fait que la maison dans laquelle furent trouvées les momies avait été construite en 1837, et occupée depuis par plusieurs propriétaires successifs. Les deux hommes n'avaient donc pu mourir ici il y avait plus de 500 ans.

Étant donné la nature hautement scientifique des activités du docteur Théodore Arenson et sa réputation internationale, les services secrets avaient naturellement participé aux investigations et aux fouilles de la grande maison bourgeoise. On soupçonnait un enlèvement de l'éminent scientifique par une puissance étrangère, il faut dire.

C'est à la demande expresse de ces gens que l'on appelait « les hommes de l'ombre » que le manuscrit d'un livre retrouvé dans la maison, portant le titre, « *Théorie et applications de la relativité temporelle : compte rendu d'expériences* », fut retiré des éléments de l'enquête découverts sur les lieux, puis classifié « top secret ». Ledit manuscrit avait été posé bien en évidence sur une grande table de la salle à manger, laquelle avait apparemment été utilisée comme bureau. Le manuscrit était cosigné, *« Docteurs Théodore Arenson et Robert Haas ».*

Les recherches entreprises pour retrouver la trace du « docteur Robert Haas » ne menèrent à rien. Il existait bien un Robert Haas ayant justement disparu à peu près à la même époque, lui aussi, après avoir donné sa démission d'un poste de simple gardien de la sécurité d'un immeuble de la Compagnie du Téléphone, et il n'était pas docteur en physique. Il ne pouvait donc s'agir de l'homme qui avait cosigné un ouvrage scientifique aussi pointu, et réclamant les connaissances d'un chercheur de haut niveau spécialisé en physiques des particules, entre autres choses.

À ce jour, le mystère de la disparition du docteur Théodore Arenson n'a toujours pas été complètement élucidé, de même que celui des disparitions spontanées d'œuvres d'art, retrouvées ensuite dans la demeure de ce dernier – du moins pas officiellement. Une polémique entre certains experts de la police et ceux de la communauté scientifique est en cours à ce propos. Les premiers affirment que la momie trouvée sur le sol de la cuisine de la maison du docteur Théodore Arenson est bien celle de son propriétaire. Les seconds accusent les premiers de vouloir clore un peu trop hâtivement une affaire criminelle, et peut être même d'espionnage, à leur manière, en tentant de faire passer une momie âgée de plus d'un demi-millénaire pour la dépouille d'un homme qu'ils ne parviennent pas à retrouver.

Les services secrets, eux, savent que les deux momies sont celles du Docteur Arenson et du gardien qui n'avait plus donné signe de vie après sa démission de la Compagnie du téléphone. Seulement, en expliquant pourquoi ils en sont tout à fait certains, ils seraient obligés de révéler du même coup le contenu du manuscrit qu'ils ont officieusement retiré des pièces à conviction découvertes par la police, de même que le testament et le livre d'emprunts de Robert Haas. La découverte de ce qu'expliquent le docteur Arenson et Robert Haas dans le manuscrit qu'il ont rédigé avant leurs décès, constitue, encore à cette heure, une connaissance d'une portée si grande qu'il n'a pas été défini si elle doit être exploitée pour servir des fins intéressant la défense nationale, où être révélée à la communauté scientifique mondiale.

En attendant, la controverse démentant formellement l'âge avancé par la datation au carbone 14 vient juste de relancer une autre polémique concernant l'âge du Saint Suaire de Turin, dont le même procédé scientifique avait permis d'établir qu'il s'agissait d'un faux réalisé entre les années 1260 et 1390. Selon les détracteurs de la validité des résultats avancés par les scientifiques, le Saint Suaire de Turin serait donc bien celui dans lequel fut enveloppé le Christ après sa crucifixion, puisque les tests au carbone 14 effectués sur les deux momies démontrent qu'ils peuvent être erronés, d'au moins 500 ans.

Tous les objets retrouvés dans la maison du docteur Arenson ont été restitués, intacts, à leurs légitimes propriétaires, assortis d'une compensation financière ordonnée par testament par le mystérieux « docteur Robert Haas ». Ce dédommagement fut rendu possible grâce à la découverte d'une somme de 27 millions de dollars en espèces, découverte dans un grand coffre fort d'une agence bancaire située à quelques centaines de mètres de la demeure du docteur Théodore Arenson, et loué au nom de Robert Haas.

Détail surprenant, les enquêteurs de la police et des services secrets, très intéressés par la découverte d'une somme aussi importante placée dans un coffre par un inconnu, découvrirent des particules d'héroïne sur certaines des coupures. Une enquête séparée est toujours en cours à propos de la provenance de ces billets de banque, bien qu'aucune somme de cette importance n'ait été déclarée volée durant les vingt dernières années.

Un célèbre journaliste d'investigation s'est particulièrement intéressé à un grand tirage photographique retrouvé en exposition dans l'entrée de la grande maison du docteur Arenson, bien en évidence, face à la porte. Ce journaliste affirme que le personnage inconnu figurant sur cette photographie aux côtés du docteur Arenson, devant le sas de l'accélérateur du Centre de Recherches en Physique fondamentale, n'est autre que le mystérieux « docteur Robert Haas ».

La pizzeria de la place commerçante de la petite ville de Chimano, située à proximité du Centre de Recherches en Physique fondamentale, est devenue un lieu mondialement connu des passionnés de spiritisme et autres chasseurs de fantômes et de phénomènes mystérieux. Son propriétaire a dû acheter la blanchisserie d'à côté pour satisfaire à l'accroissement considérable de sa clientèle. Des morceaux de verre délicatement découpés, montrant les impacts des projectiles restés introuvables qui avaient traversé la vitrine et déchiqueté un montant de chaise avant de disparaître dans les murs, sont exposés dans des cadres accrochés aux murs de la salle de la pizzeria. Le patron de la pizzeria a d'ailleurs publié un livre racontant le mystérieux phénomène, et dédicace celui-ci sur place à tous les clients qui le lui achètent.

La supérette fait partie elle aussi du pèlerinage, et la tour de boîtes de conserve qui était apparue spontanément sous les yeux des clients, a été reconstruite à l'identique, grâce aux images des caméras de surveillance et des témoignages des clients et employés. Le chiffre d'affaire de la supérette a été multiplié par plus de deux à la suite de cet incident. Cependant, un procès est en court entre le patron de la supérette et celui de la pizzeria, car ce dernier a ajouté le récit de la tour de boîtes de conserve dans son livre devenu un *best-seller* depuis. Le propriétaire de la supérette a fondé son accusation, et sa demande de dommages et intérêts, sur l'utilisation abusive et sans autorisation préalable du nom de son établissement pour servir les intérêts commerciaux et pécuniaires exclusifs de la pizzeria et de son propriétaire.

Dans un immeuble de la Compagnie du téléphone de la capitale, plus d'un an avant l'étrange découverte des momies, *Fred*, le responsable du service de sécurité, et *Tom*, l'un de ses subordonnés, avaient été licenciés pour faute grave lorsque ceux-ci avaient été contraints d'avouer à leur hiérarchie qu'ils avaient perdu les doubles de clés, les passe-partout et les badges électroniques de sécurité permettant d'accéder à toutes les portes de l'immeuble qu'ils étaient chargés de garder. Les deux hommes avaient stupidement tenté de défendre leur bonne foi en prétendant que tous ces objets s'étaient volatilisés sous leurs yeux.

Le Musée de la Science et des Technologies s'est spontanément porté acquéreur du stylo-plume à pompe d'Albert Einstein auprès de son propriétaire, un collectionneur privé, et une transaction fut conclue pour un montant rondelet de 550 000 dollars, payé avec une partie de l'argent retrouvé dans le coffre loué par le mystérieux « docteur Robert Haas ». Le stylo est exposé depuis à la vue de tous, et une plaque de cuivre indique sous celui-ci :

STYLO-PLUME PELIKAN MODÈLE 100N
AYANT SUCCESSIVEMENT APPARTENU A
ALBERT EINSTEIN, ET A THÉODORE ARENSON.

FIN

2426734R00143

Made in the USA
San Bernardino, CA
20 April 2013